Edizioni R.E.I.

1

Sara Albanese

sara.albanese@alice.it

All'ombra della Luna Nuova

ISBN: 97888-2759-1024

Copyright: 2014
Edizioni R.E.I.
www.edizionirei.com
info@edizionirei.com

Sara Albanese

All'ombra della Luna Nuova

Edizioni R.E.I.

Indice

A mio marito e alla mia famiglia perché ci hanno sempre creduto

e non mi hanno mai lasciato da sola a costruire un sogno.

Agli amici di una vita che hanno ascoltato per capire

e a quelli che in poco tempo hanno saputo illuminare angoli ancora dimenticati.

Ai miei "compagni pelosi" nel cui fiato risiede l'innocenza del mondo

e nella cui presenza risiedo anch'io.

E infine, perché no, ai miei sogni, alle mie convinzioni, alle mie battaglie...

perché finché resisteranno alle ingiurie del nostro tempo,

consentiranno anche a me di guardare il vento negli occhi.

CHEROKEE PRAYER BLESSING

May the warm winds of heaven
blow softly upon your house,

May the Great Spirit
bless all who enter there,

May your moccasins make happy tracks
in many snows,

And may the rainbow
always touch your shoulder.

PREGHIERA DI BENEDIZIONE CHEROKEE

Possano i venti tiepidi del cielo
soffiare dolcemente sulla vostra casa,

Possa il Grande Spirito
benedire chiunque vi entri,

Possano i vostri mocassini solcare percorsi di
felicità attraverso molte nevi,

E possa l'arcobaleno
toccare sempre la vostra spalla.

1.

Scendendo i tre gradini davanti alla porta di casa, l'orlo della lunga gonna di spesso cotone color nocciola strusciava sul legno screpolato dal sole, portando con sé una bassa nuvola di polvere bianca, sottile come la cipria.

Ann si era più volte riproposta di bandire i colori scuri dal suo guardaroba, sperando di mimetizzare così almeno in parte l'inconveniente del fumo polveroso che si alzava a ogni passo dalla riarsa strada sterrata, ma ben presto, dopo il suo arrivo nella cittadina di Sheridan, si era accorta che nessuno prestava attenzione a questo dettaglio che era entrato nella vita dei coloni con la naturalezza e la necessarietà con cui si è avvezzi a veder il sole salire da est.

Non le dispiaceva chiudersi la porta alle spalle e camminare attraverso il paese nelle prime ore del mattino, quando il caldo non scottava ancora sui capelli e il riverbero non confondeva il colore del cielo con quello degli alberi.

Stringeva a sé qualche libro con familiarità ma fermezza, come si trattasse di un'emanazione della propria persona, un distintivo in grado di conferirle dignità e una posizione stimabile all'interno di quella piccola comunità in cui tutti a poco a poco, dopo la Fondazione avvenuta alcuni anni prima, avevano trovato la propria collocazione.

Sembravano lontani i tempi in cui sedeva nella sua grande casa a Denver davanti allo scrittoio guardando fuori dalle grandi tende broccate con occhi pieni di progetti, mentre componeva educate richieste ai Consigli Cittadini dei neonati centri dell'Ovest proponendosi come maestra. La sua famiglia non aveva mai compreso il suo desiderio di lasciare la città per portare la scolarizzazione tra quelli che a Denver venivano comunemente definiti "bifolchi di confine". Ann avrebbe voluto potersene andare almeno con l'approvazione dei suoi genitori, ma questo non era accaduto. Oggi tuttavia non ci pensava spesso come qualche mese prima: la quotidianità rassicurante di Sheridan la cullava, infatti, con la morbidezza di una nenia e, sebbene le mancassero le feste, le conversazioni intriganti e i piccoli lussi della grande città, piano piano si era abituata a chiacchierare di ricette, coltivazioni di patate e bestiame da carne. Naturalmente a volte avrebbe voluto indossare un abito di seta e merletti e sedere in una caffetteria dal nome francese per discorrere delle rivoluzionarie teorie evoluzionistiche di quel tale… *Charles Darwin* le pareva si chiamasse. Talora si chiedeva perfino se sarebbe stata ancora in grado di sostenere una simile conversazione, dopo tanto tempo trascorso ai piedi della Big Horn Mountain. Ma il più delle volte queste considerazioni svanivano appena depositava i libri sulla cattedra e guardava tutti quegli occhi puntati su di lei, occhi di diversa statura, occhi interessati, assonnati o addirittura impercettibilmente ribelli... ma tutti ugualmente, sebbene non sempre consapevolmente, dipendenti da lei per avere un piccolo futuro in quel territorio dove le gonne erano coperte di polvere e le menti zeppe di frontiere, ma i sogni erano lucidi come gli occhi dei lupi.

Non le dispiaceva che le lezioni si svolgessero all'interno della chiesetta del paese: era perfettamente consapevole del fatto che fosse la norma per una piccola città non avere un edificio apposito per la scuola. In realtà Ann apprezzava quel luogo intimo e solenne al tempo stesso poiché le sembrava di assorbirne una certa autorevolezza, restando però in un contesto familiare all'intera comunità visto che la chiesa finiva, come prassi dell'epoca, per ospitare molti degli eventi ufficiali della vita cittadina. Si trattava di un luogo chiaro e luminoso, piuttosto spartano negli arredi ma ingentilito dal colore del cielo che si affacciava dalle numerose finestrelle bianche.

Talvolta tuttavia, seduta sulla cattedra che veniva sostituita al pulpito dopo la funzione domenicale, Ann sentiva un brivido di imbarazzo irrigidirle le spalle. Per tutto l'inverno aveva supposto si trattasse degli spiffieri freddi che si incrociavano intorno al suo viso, ma un ampio scialle di lana non aveva mitigato quel ricorrente disagio. Si accorse solo con il sopraggiungere della bella stagione che la causa non andava ricercata nel gelido respiro invernale, ma piuttosto risiedeva nelle Bibbie di cuoio nero che facevano capolino da ogni fila di banchi e nella Croce che sedeva sul tetto del piccolo campanile, invisibile agli occhi di chi si trovava all'interno, ma incombente sull'arbitrio di chi occupava il posto del pulpito. Ann non aveva mai pensato di poter fare a meno di quella Croce, ma d'altronde quando stava con i suoi libri, quando raccontava ai suoi ragazzi frammenti di storia, quando lavorava sulla disciplina e cercava di insegnare a pensare alle giovani menti incolte, sentiva la responsabilità di quel simbolo sacro pesarle sulla testa e avrebbe preferito tenere le lezioni d'estate su un prato, sotto un albero, o magari d'inverno in una semplice stalla dove il respiro morbido degli animali potesse scaldare le coscienze meglio di un semplice scialle.

Il sussidiario di storia era aperto al capitolo della Magna Charta Libertatum, redatta dai progenitori inglesi, mentre Ann sorvolava con lo sguardo le cinque file di banchi davanti a sé. Parlava meccanicamente di Re Giovanni Senzaterra e delle vicissitudini del XIII secolo, ma i suoi occhi focalizzavano obliquamente, senza indugiare in modo palese, sul viso ciondolante di Joshua. Non si trattava di un ragazzino troppo brillante, quindi il totale disinteresse verso lo studio aveva fortemente compromesso i progressi che ci si sarebbe aspettati alla sua età. Tuttavia la vena polemica del ragazzino non mancava mai di mettere in dubbio i criteri di valutazione di Ann, che doveva districarsi in una diversificazione di richieste e giudizi secondo la scala d'età così varia della sua unica numerosa classe mista in cui convogliavano tutti i ragazzini di Sheridan. Non era sempre facile modulare il programma per evitare di proporre concetti troppo complessi ai più piccoli che si sarebbero così demotivati nella propria incapacità di tenere il passo, ma al tempo stesso bisognava anche fare in modo di non annoiare i più grandi che si sarebbero disamorati di fronte a lezioni troppo scontate. Di solito, quindi, Ann proponeva una spiegazione schematica e concettuale che tutti potessero seguire, per poi rivolgersi ai ragazzini più avanzati per coinvolgerli in una conversazione sull'argomento in questione, cercando di condurli a un'elaborazione autonoma dei contenuti e una maggiore consapevolezza del loro significato. Le piaceva infinitamente rendersi conto che i suoi piccoli studenti si appassionavano alla propria capacità di comprendere la storia, avvicinandola alla realtà quotidiana.

Joshua non amava questo tipo di lezione, forse perché non voleva concedere ad Ann la soddisfazione di vederlo impegnato su un tema scolastico, o forse, il dubbio la assorbiva spesso, perché non era veramente abbastanza maturo da saper formulare un'opinione propria, fallendo così in quella che, secondo la giovane insegnante, risultava essere la materia più importante: non la matematica, l'inglese o la storia… bensì quella che lei definiva "il pensiero".

Oggi le considerazioni dell'ultima ora di lezione erano dedicate alla relazione tra la Magna Charta, considerata come il primo documento fondamentale per il riconoscimento dei diritti dei cittadini, e la Dichiarazione d'Indipendenza Americana che regalava ai coloni, almeno sulla carta, una somma di privilegi spesso a essi stessi sconosciuti. Ann era convinta che solo permettendo ai giovani di studiarli, la nascente civiltà avrebbe potuto sollevarsi dalla polvere di quelle strade di campagna.

Ogni ideale tuttavia faticava a non infrangersi davanti ai ricorrenti "Non lo so" che Joshua somministrava alla sua insegnante, costringendola a rivolgersi ad altri, secondo il desiderio del ragazzo, oppure a punzecchiarlo e provocarlo, intraprendendo un duello che inaspriva lo studentello e indisponeva Ann, poiché uno scontro perso con la cocciutaggine di un solo allievo avrebbe potuto indurne altri a testare l'autorità ancora recente della maestra. Il dialogo era una leva preziosa per far presa sui ragazzi, ma poteva funzionare solo se si fosse comunque rivelato amichevole ma mai paritario, poiché una giovane donna davanti a qualche decina di baldanzosi ragazzotti non poteva permettersi il lusso di troppa democrazia.

Joshua aveva compreso questo meccanismo e, non si sa se per sfida o per abitudine, aveva affinato la sua arte della resistenza passiva, fino all'esasperazione di Ann che, in altre circostanze, si sarebbe sentita autorizzata a chiamare a colloquio il padre, ma in questo caso preferiva rimandare la conversazione, sebbene fosse consapevole che così facendo avrebbe suo malgrado finito per consolidare progressivamente la convinzione di Joshua di essere privilegiato dal fatto che suo padre frequentava la maestra. Proprio queste circostanze rendevano difficile ad Ann il fastidioso colloquio, ma al tempo stesso si sentiva in dovere di provare alla classe che non esistesse alcun favoritismo nei confronti di Joshua e si trovava quindi a ingaggiare continue piccole sfide con il suo allievo, avvelenando spesso il proprio umore e l'atmosfera dell'intera lezione.

Il padre di Joshua, Craig, era un giovane uomo affascinante ma non era molto obiettivo quando si trattava di suo figlio. Dopo aver perso la moglie, diversi anni prima, ogni sua attenzione si era concentrata sul suo ranch e sul bambino che si era trovato a crescere praticamente da solo, con grande zelo ma qualche indubbia carenza disciplinare. L'arrivo di Ann a Sheridan aveva restituito a Craig il desiderio di togliere la colonia dal cassetto e di indossare il cappello con la fibbia d'argento, e la giovane insegnante di Denver aveva accolto quasi con gratitudine la sua corte, non solo perché si trattava di uno dei pochi uomini piacevoli in paese che non avessero ancora preso moglie, ma anche perché gli inviti di lui l'avevano progressivamente introdotta nella vita della cittadina, consentendole di inserirsi quando ancora non conosceva nessuno.

Tuttavia le tensioni con Joshua avevano fatto capolino molto presto, ponendo Ann in una situazione delicata e spesso piuttosto conflittuale. Malgrado avesse tentato più volte di giustificare il ragazzino con una possibile gelosia nei confronti del padre che costituiva per lui l'unica figura di riferimento, a poco a poco la maestra si dovette arrendere all'idea che non necessariamente ci fosse un nobile sentimento anche dietro a un comportamento sbagliato.

Come recitava quella frase di Montesquieu?... Forse il volume rilegato de *Lo spirito delle Leggi* era rimasto sullo scaffale della biblioteca nel salone di casa a Denver... ma le parole erano certamente queste "Chiamo pregiudizio non ciò che porta a ignorare alcune cose, ma ciò che porta a ignorare se stessi."

2.

Le ruote del calesse scricchiolavano rumorosamente sulla strada sterrata e in parte coprivano la voce eccitata di Ann: – Da settimane aspettavo che arrivasse e la signora Mills mi ha fatto sapere che finalmente è passato il corriere all'Ufficio Postale. Sarà veramente un grande cambiamento, non vedo l'ora che la vedano anche i ragazzi! – Craig restava in silenzio e sorrideva educatamente mentre guidava i cavalli verso Sheridan, di ritorno da una fresca colazione al limitare del bosco. Non riusciva ancora a concepire come Ann potesse essere tanto elettrizzata per l'arrivo di una carta geografica, ma si guardava bene dall'esprimere la sua perplessità, com'era solito fare quando faticava a comprendere l'entusiasmo che la ragazza manifestava nei confronti del proprio mestiere. Fare la maestra era sicuramente un buon lavoro, e certamente si trattava di un'attività adeguata per una donna, ma tutti gli sproloqui sulla cultura che rende grandi i popoli parevano al mandriano un mucchio di credenze femminili dal contenuto superfluo quanto la foggia di un abito o il ricamo di una tenda.

Tuttavia Craig taceva e sorrideva, mentre Ann proseguiva: – Già immagino come starà appesa al muro, e i ragazzi avranno davanti ai loro occhi non soltanto il proprio Paese, ma anche l'Europa, la forma di terre lontane... Bisogna avere una visione d'insieme per mettere le cose nella giusta prospettiva, non credi? –

– Naturalmente... –

– E' importante conoscere qualcosa di diverso per capire meglio chi siamo, *non credi?* –

– Sì, credo di sì, Ann –

– Non sarei qui se non ne fossi fortemente convinta! –

– E questa sarebbe stata per Sheridan una terribile perdita. E naturalmente... soprattutto per me. – Craig spostò lo sguardo dalla strada alla sua compagna, con un'espressione intrigante e complice allo stesso tempo, incorniciata dall'ombra che il sole proiettava sul viso dalla larga tesa del cappello di panno scuro. Ann gli restituì un sorriso dolce e graziosamente malizioso, poi si sentì di poter procedere nella direzione in cui aveva voluto condurre la conversazione sin dal principio.

– Sai Craig... a proposito di cose nuove... – Lo sguardo di lui era tornato sul sentiero e la ragazza continuò a scrutare la sua espressione senza girare troppo la testa per non farsi notare, compromettendo la simulata naturalezza con cui era arrivata al punto. – Cameron e i suoi uomini a breve porteranno le mandrie nei pascoli a nord per affrontare la canicola estiva e Asha andrà con loro insieme a Mohe[1]. Mi hanno chiesto di accompagnarli visto che la scuola chiuderà a breve per la pausa estiva. Sarebbe questione di pochi giorni…–

Il rigido silenzio che calò su Craig non aveva bisogno di spiegazioni per Ann. Sapeva che i rapporti che lo legavano a Cameron avevano subìto un duro colpo quando quest'ultimo decise di prendere in moglie una ragazza indiana.

Cameron aveva conosciuto Asha quando era stata istituita la nuova riserva di Cheyenne Falls presso il Fiume Tongue, nelle vicinanze di Sheridan, per ospitare alcuni gruppi nativi provenienti da Cheyenne River, nel South Dakota. La convinzione dell'esercito americano era, infatti, che, sciogliendo e dividendo i nuclei tribali più radicati, le comunità indiane si sarebbero indebolite, evitando in futuro rivolte simili a quelle che recentemente avevano causato tanti disordini.

In questo modo Asha aveva seguito ciò che restava della sua famiglia ai piedi della Big Horn Mountain dove aveva conosciuto Cameron durante lo spostamento del suo bestiame. Ora i due erano sposati, con un rito celebrato contemporaneamente secondo la tradizione Cheyenne e la religione cristiana, nel rispetto di entrambe. Ann era totalmente ammirata dal coraggio e dall'apertura mentale che aveva indotto Cameron a sfidare gli stereotipi e i preconcetti della sua gente per amore di una donna, ma anche per amore di se stesso e delle proprie convinzioni. Il paese non era pronto per Asha e probabilmente non era pronto neppure per Cameron che in breve tempo vide dimezzata la sua cerchia di amici e finì per faticare anche a trovare nuovi lavoranti per il suo ranch. Naturalmente anche al piccolo Mohe, figlio di questa insolita coppia, era riservata una quotidianità un po' complicata rispetto a quella dei suoi coetanei, tuttavia il suo carattere allegro ed entusiasta aveva fatto sì che potesse inserirsi comunque all'interno della sua classe, in cui gli unici veri piccoli nemici che aveva erano i ragazzini invidiosi che non sapevano correre veloce quanto lui e riversavano il loro piccolo orgoglio ferito in parole di cui neppure loro comprendevano completamente il significato ma che scimmiottavano da stralci di discorsi sentiti dai grandi. Le angherie degli adulti spesso si riverberano nelle menti dei piccoli, pensava Ann, ma la naturalezza della vita pareva comunque avere la meglio su tutto: così come lo scorrere delle stagioni

---

[1] Nome indiano dal significato di "Alce"

copriva il succedersi della vita e della morte, così la nascita di Mohe si insinuava tra i pregiudizi di frontiera... e così, secondo Ann, i popoli imparavano a convivere.

Asha era stata la prima amica che Ann avesse trovato quando era arrivata a Sheridan e tuttora era certamente la più stretta. Forse perché la ragazza Cheyenne sapeva cosa volesse dire sentirsi spaesati, o forse semplicemente perché la vicinanza di età, di carattere e di sentire tra le due giovani donne aveva colmato ogni divario. Pareva che entrambe venissero da un mondo alieno: mentre Ann spiegava all'amica della ferrovia di Denver, Asha raccontava la storia del suo Popolo, partendo dal suo stesso nome che in lingua Cheyenne significava Speranza. Ann avrebbe voluto che anche il proprio nome portasse nella sua lingua un valore così importante.

Un giorno la giovane pellerossa sorrise e semplicemente le disse: – Poiché siamo tutti diversi, non esiste alcuna differenza – e con questa elementare perla di saggezza si chiuse per sempre ogni imbarazzo tra loro nell'affrontare l'argomento.

– Spostar mandrie non è cosa da donne, Ann. Può andar bene per Asha forse... ma tu non sei come lei. –

La voce di Craig non ammetteva replica, asciutta, seria. Non c'era astio nella sua considerazione su Asha ma Ann non poté fare a meno di cogliere quel sottile e implicito disprezzo che le parole sottendevano.

Ogni entusiasmo svanì dal suo volto. Anche quello per la carta geografica.

3.

Quando aveva la convinzione che una mattinata di scuola avesse lasciato ai suoi ragazzi qualcosa di più della mera ripetizione di tabelline aritmetiche, Ann tornava a casa con la sensazione di aver dato un senso alla sua stessa giornata.

Quel giorno era andata proprio così.

La cartina geografica era stata un successo: faceva bella mostra di sé dal muro candido e catturava sia gli sguardi incuriositi dei ragazzini più piccoli che quelli più critici degli allievi grandicelli cui risultava davvero impensabile che la loro città, anzi l'intero Wyoming, fosse solo un minuscolo pezzettino di mondo. Erano sempre stati convinti che un viaggio a Sacramento costituisse un'immensa traversata di vaste terre sconosciute, ma solo ora si rendevano conto di quanto grande fosse l'America, di quanto vasto fosse l'oceano, di quanto lungo fosse stato il viaggio dei loro progenitori inglesi, di quanto fosse presuntuoso ritenersi il centro della terra.

La piccola Sharon, di appena sei anni, aveva provocato un momento d'ilarità all'interno della classe quando aveva alzato la mano paffutella per uscirsene con la domanda più cristallina che potesse scaturire dalla sua ingenua naturalezza: – Miss Downhill, può mostrarmi dove si trova la mia gabbietta per i conigli? – Ann sorrise con tenerezza e rispose semplicemente: – Sharon, il fatto che il mondo sia tanto più grande delle piccole cose che amiamo non deve sminuirle ai nostri occhi, ma solo insegnarci che ne esistono numerose altre, nuove e diverse, che meritano il medesimo rispetto perché sono care ad altre persone. –

Questo intervento diede ad Ann l'occasione per accennare alla vastità dei territori che erano appartenuti alle Popolazioni Native prima della colonizzazione dell'America e Mohe, con il suo solito entusiasmo, si precipitò davanti alla cartina per indicare l'area da cui proveniva la sua comunità. La maestra sorrise, ma non fece che un breve accenno alla collocazione e alle dimensioni anguste delle attuali riserve perché detestava vedere spegnersi negli occhi di quel ragazzino, che per lei era ormai come un nipote acquisito, il trasporto e la gioia di vivere che aveva ereditato dalla madre.

Tobias ed Elijah erano silenziosamente catturati dalla grandezza di quello strano triangolo chiamato Africa. Ne avevano spesso sentito parlare dalle proprie famiglie, specialmente prima che arrivassero a Sheridan, quando vivevano in un paesino più a sud che raccoglieva diverse comunità di colore dopo l'abolizione della schiavitù. Ann notò l'interesse dei due ragazzini che non osavano fare domande, poiché era stato insegnato loro dai genitori di evitare qualsiasi argomento riguardasse le loro origini per non risvegliare alcun tipo di tensione che potesse compromettere il loro silenzioso tentativo di integrazione in una cittadina che di bianco non aveva solo la polvere sulla strada. La maestra sapeva tuttavia che l'argomento andava affrontato per evitare che diventasse un tabù o addirittura qualcosa di cui vergognarsi per i suoi due allievi. Approcciò quindi la questione sotto un profilo meramente storico, raccontando di come alcuni commercianti inglesi senza scrupoli avessero dato inizio a quello che la storia avrebbe ricordato come il "Triangolo della Vergogna", i cui tre vertici risiedevano in Gran Bretagna, da dove partivano navi cariche di cianfrusaglie senza valore, in Africa, dove le merci dozzinali venivano scambiate con esseri umani, e infine in America, dove questa povera gente veniva venduta a peso d'oro come schiava perché il denaro venisse riportato in Inghilterra da dove era partito questo commercio dell'orrore. Fu a questo punto che Christopher, l'elegante primogenito della famiglia proprietaria dell'emporio cittadino, se ne uscì istintivamente con un'esclamazione come: – Perché nessuno ha impedito a quei bianchi di fare una cosa tanto orrenda? Perché non li hanno arrestati? – Fu allora che Ann si accorse di quanto Tobias ed Elijah non fossero per niente fisicamente meno grandi dei loro coetanei, anzi, li vide improvvisamente riempire il banco con la loro figura ben strutturata e con una statura di parecchio superiore a molti compagni. Lei stessa crebbe in statura dentro di sé per aver ottenuto esattamente ciò che sperava e rispose a Christopher con la serietà che si dedica a una valida domanda anziché a un'ingenua osservazione: gli spiegò di come si arrivò faticosamente e sanguinosamente a rendere fuorilegge la schiavitù e come l'eredità di questa battaglia fosse una responsabilità che ricadeva nelle mani di ogni cittadino americano. Anche Christopher allora sembrò un po' più alto, dopo essere stato insignito di un ruolo tanto autorevole.

Dopo una giornata così proficua, la strada di Ann verso casa non pareva né troppo lunga né troppo calda, malgrado sentisse qualche rivolo di sudore scivolarle dietro l'incavo del ginocchio sotto la spessa gonna e provocarle un fastidioso solletico.

Entrata dal piccolo cancello che delimitava il cortile davanti a casa, come sempre appoggiò i libri su uno dei larghi pali che reggevano lo steccato. Erano certamente in una posizione precaria ma, se non tirava vento, erano assolutamente più al sicuro di quanto non sarebbero stati se li avesse tenuti tra le mani. Come ogni giorno, infatti, dal retro della casa, si precipitò verso di lei Horn scodinzolante e ululante: con un balzo le fu praticamente tra le braccia sapendo perfettamente che la padroncina non era in grado di sorreggerlo, e quindi, con una manovra perfezionata nei mesi a prezzo di numerosi piccoli incidenti di percorso, si girò su se stesso non appena toccò le spalle di lei e, con l'agilità che solo i lupoidi possiedono, atterrò nuovamente al suolo per iniziare la danza del ritorno a casa.

Ann aveva sempre pensato che la leggera destrezza del suo ispido amico fosse da attribuire alle sue origini indiane. Horn, infatti, era figlio della cagnolina di Asha, che l'aveva seguita a Sheridan dalla riserva. Dopo poche settimane dal suo arrivo in paese, infatti, la nuova amica si era presentata a casa sua con quest'arzillo lupacchiotto già svezzato e in gran parte educato, dicendo che non era opportuno che una ragazza vivesse tutta sola, senza neppure un uomo in casa. Ann e Asha avevano riso a lungo della battuta e da quel momento Horn, il cui nome veniva appunto dalla montagna dove era cresciuto, diventò un compagno allegro, costante e certamente anche più comprensivo di Craig.

Mentre era accucciata a ricambiare l'affetto del cagnotto, Ann ripensò alla conversazione del giorno precedente proprio con Craig. Il buon umore le si smorzò nuovamente sul volto. Doveva dire ad Asha che non sarebbe andata con loro a spostare il bestiame a nord… però… chissà magari in autunno avrebbe potuto aiutarli a riportare la mandria a valle. Magari per allora qualcosa sarebbe cambiato.

4.

C'era un momento della giornata che Ann amava particolarmente durante la stagione più calda: si svolgeva appena dopo il pasto che era solita consumare piuttosto presto, malgrado il caldo, per eliminare in fretta la necessità di cenare in solitudine e per potersi poi godere la serata fresca e il profumo delle stelle, dei pascoli appena fuori città che si inumidivano di notte, della brezza morbida come il fiato di una giumenta sul suo puledro.

Spesso faceva due passi attraverso il paese, per arrivare al Saloon che aveva una doppia anima per gli abitanti di Sheridan: due ingressi si affacciavano sulla strada, aprendo due realtà diverse e apparentemente difficili da conciliare. Da una parte si entrava attraverso le classiche porte ad anta che sventolavano al passaggio di uomini alticci, interessati al poker e al whisky, oltre che, specialmente nelle ore notturne, alla mercanzia muliebre che faceva mostra di sé tra piumaggi accesi e corsetti succinti. Pochi metri a lato si apriva la porta della locanda, rispettabile ricovero di viandanti e uomini d'affari a cui veniva offerto un pasto semplice ma gradevole e una stanza quasi pulita. Il ristorantino proponeva anche agli abitanti del paese la possibilità di un invito a cena dignitoso, per parlare di commercio, di politica, per corteggiare una donna oppure per festeggiare un evento particolare. C'era una piccola sala attigua alla trattoria, con tavolini bassi circondati da seggiole imbottite che somigliavano, seppur pallidamente, alle fogge che Ann ricordava dalle caffetterie di Denver. Non solo gli uomini, ma anche le donne del paese sedevano spesso davanti a una tazza fumante durante l'inverno, oppure a una bevanda fresca d'estate, e discorrevano più o meno rumorosamente a seconda dell'ora del giorno. Da questa piccola stanza si poteva vedere obliquamente, attraverso la porta, l'angolino riservato al musicista del paese, che durante la serata accompagnava la cena degli ospiti del ristorante con la sua chitarra e la voce bassa e calda modulata in ballate morbide e rilassanti. Solo dopo una certa ora, quando la trattoria si svuotava e il saloon iniziava ad animarsi della sua agitazione notturna, il musicista si spostava nel locale attiguo e il suo repertorio continuava fino a notte fonda, cambiando in un ritmo vivace e variopinto.

Ann amava, quando il sole non era ancora tramontato, sedere nella piccola stanza davanti a una tazza di acqua scura che veniva definita caffè, per ascoltare la musica accogliente suonata da quell'uomo che vedeva di sfuggita attraverso la porta che univa i due ambienti. Veniva assorbita completamente dalle note piene e dalla voce di Mr Ree, così rotonda e profonda da regalare un'anima alle parole sempre identiche del repertorio caro all'Ovest. A volte chiudeva gli occhi e sentiva quella voce calma e bassa attraversarle la mente, e scendere attraverso il suo corpo, scaldando i suoi angoli più soli e consolando qualche lacrima dimenticata. Dopo al massimo un'ora, Ann si alzava e lasciava la locanda, mentre il sole si preparava a coricarsi e i primi lumi iniziavano a comparire dalle finestre sulla strada.

Questo piccolo rituale inizialmente aveva fatto discutere in paese, dove ogni minima deviazione rispetto alla necessarietà dei doveri quotidiani destava curiosità, pettegolezzi e perfino sospetto, soprattutto se si trattava di una donna sola. A poco a poco, tuttavia, le comari si trovarono a corto di argomenti per infarcire questo innocente capriccio di Ann, facendo sì che perdesse presto interesse e finisse per rientrare nella routine di paese che, una volta accettata, non veniva più messa in discussione.

Anche Ann, di conseguenza, smise di sentirsi a disagio e iniziò a godersi quel momento tutto suo, in cui era circondata da qualche persona ma nessuna era autorizzata a entrare, poiché l'unica chiave di accesso erano quelle note, a volte malinconiche, a volte così familiari da divenire rassicuranti e sostituirsi all'abbraccio di un padre.

Lasciata la locanda, Ann si dirigeva lentamente a casa e, dopo appena pochi minuti, si trovava davanti alla piccola scuderia, in cui i genitori di Christopher le avevano affittato uno spazio per poter ricoverare la sua cavalla a pochi passi da casa. Allora la ragazza si fermava e apriva silenziosamente il pesante portone, per ascoltare il rumore lento e soffuso del fieno che veniva sminuzzato dal movimento costante delle mandibole dei cavalli, dei molari che si strofinavano ritmicamente, delle froge che indagavano la paglia polverosa, degli sbuffi, dell'acqua che veniva succhiata dai secchi in un sibilo e poi inghiottita con un tonfo da gole profonde come canyon.

Ann si avvicinava quindi a Charlie. Da quanto tempo ormai non chiamava la sua cavalla con il nome completo che lei stessa aveva scelto il giorno in cui l'aveva portata a casa. Si era chiesta a lungo come chiamarla, visto che i commercianti da cui l'aveva acquistata con il suo primo stipendio di maestra a Sheridan non si erano disturbati a dargliene uno vero e proprio. Fu allora che Ann scelse di chiamarla Charlotte, proprio come la scrittrice inglese Charlotte Brontë, la sua preferita di sempre. Con il tempo però Charlotte divenne Charlie e ora tutti in paese conoscevano la cavalla con il suo nomignolo un po' maschile che ben si coniugava alla sua indole decisa e piena di temperamento. Ann però, non appena qualcuno lo scordava, ci teneva a sottolineare che Charlie fosse una femmina: le pareva evidente che fosse proprio per questo che sapeva conciliare la sua tempra con tanta grazia.

Ann si avvicinava alla spalla della sua amica e lasciava scorrere una mano sul suo manto sauro, sottile e morbido come stesse accarezzando una foglia di salvia, per comunicarle la sua presenza. Charlie riconosceva immediatamente l'intenzione del gesto e girava la testa avvicinando il naso al collo della ragazza, così tanto da farle solletico con le sue vibrisse, ma restando a pochi centimetri dalla pelle di Ann con una precisione millimetrica. Allora allargava le froge e spingeva il suo fiato morbido dietro la nuca della sua umana, lasciando che un brivido tiepido le attraversasse la spina dorsale proprio dove era passata la musica poco prima.

5.

Purtroppo lo specchio della toeletta della camera da letto non consentiva ad Ann di potersi vedere interamente, essendo sostanzialmente concepito per sedersi davanti a esso e curare l'acconciatura, il viso e tutto ciò che si trovava sopra la linea delle spalle.

Dopo aver tentato diverse prospettive e inclinazioni per riuscire a inquadrare la parte che le interessava, ad Ann venne quindi un lampo di genio. Si sfilò le scarpe e salì in piedi sul letto, che si trovava esattamente di fronte al mobiletto. Quando il materasso morbido si schiacciò più del previsto facendole quasi perdere l'equilibrio, Horn, che fino a questo punto l'aveva guardata accoccolato poco distante, saltò in piedi tutto agitato, senza comprendere l'insana manovra.

Ann scoppiò allora a ridere, sentendosi incredibilmente ridicola in piedi sul letto, instabile, guardata con perplessità da un lupacchiotto dotato di molto più buonsenso di quanto lei ne stesse dimostrando in quel momento. Ma ormai era lassù e voleva vedere! Lo specchio la rifletteva esattamente dalla vita in giù, inquadrando quella strana gonna che si divideva in due morbidi coni, uno per gamba. Se teneva i piedi appaiati era difficile capire che non si trattava di una normalissima sottana di spessa tela marrone scuro, stretta sui fianchi e leggermente scampanata. Ma non appena divaricava leggermente le gambe, simulando di muovere un passo in avanti o di lato, si coglieva l'aspetto originale del modello che si chiudeva sotto il cavallo e seguiva ciascuna gamba aderendo leggermente alla coscia per poi scendere scivolando fino alla caviglia, aprendosi in una larga pence.

Ann piegava ciascuna gamba e la stendeva, per rendersi conto di quanto fosse comoda quella gonna-pantalone, oppure quanto la rendesse ridicola. Di certo Craig non avrebbe approvato più di tanto: non apprezzava particolarmente tutte le "iniziative di donne frustrate che volevano solo assomigliare ai maschi" come definiva lui le spinte di emancipazione femminile. Tuttavia Ann desiderava a tutti i costi provare quell'indumento non certo come bandiera dei diritti civili delle donne, ma come pratico strumento per andare a cavallo, muoversi in campagna con meno impaccio e con più praticità.

Aveva visto Asha qualche tempo prima indossare i suoi abiti indiani, evento piuttosto raro e limitato ai giorni in cui faceva visita alla riserva, poiché la giovane Cheyenne preferiva indossare abiti più convenzionali per la città di Sheridan, evitando qualsiasi imbarazzo a Cameron e soprattutto a Mohe. Non mancavano mai, per non tradire le sue origini, un filo di perline intorno al collo oppure un ciuffetto di piume tra i capelli, ma normalmente i segni distintivi del suo Popolo si limitavano a questo e, talvolta, al fatto di lasciare sciolti i lunghi capelli corvini lisci come foglie di salice, usanza disdicevole per le donne bianche sposate che solevano raccoglierli in una crocchia dietro la testa. Il più delle volte Asha sceglieva un compromesso: una treccia morbida e lucida che le cadeva dietro le spalle, una via di mezzo tra il rigore del nuovo mondo e la naturalezza del vecchio.

Solo una volta Ann la vide in abiti cheyenne e si stupì del fatto che dalla morbida tunica di soffice pelle scamosciata spuntassero un paio di pantaloni comodi, del medesimo tessuto, che accompagnavano i semplici mocassini. Da quel momento Ann decise di procurarsi la gonna-pantalone che aveva visto per caso sul catalogo dell'emporio… e così fece.

A dire il vero, già molto tempo prima, mentre discorreva con una compagna di studi a Denver, aveva sentito parlare di donne che indossavano pantaloni proprio come gli uomini. Pantaloni veri, stretti sulla gamba, con le tasche e chiusi sul davanti. Questo sarebbe stato troppo persino per lei!

Mentre stava in piedi sul letto a osservarsi, ricordò le risate che aveva fatto con la sua amica canzonando quella nuova moda trasgressiva che, erano certe, si sarebbe esaurita in poco tempo. Allora, quasi per scherzo, prese delicatamente la stoffa sul retro di ciascuna gamba e la raccolse nelle mani per vedere la restante parte tendersi intorno alle cosce, alle ginocchia, ai polpacci. Questo sarebbe stato il suo aspetto con un paio di pantaloni veri. La forma delle sue gambe sarebbe stata visibile a tutti… quasi come se fosse nuda. Sorrise imbarazzata, poi vide lo sguardo di Horn ancora intento a osservarla e immediatamente rilasciò la stoffa che nascose le sue forme.

Scese in fretta dal letto e s'infilò le scarpe.

Amava il sabato perché era l'unica giornata completamente per sé.

Durante la settimana restava a scuola fino alle prime ore del pomeriggio, mentre la domenica era impegnata con la funzione in Chiesa al mattino e, il più delle volte, con Craig e le sue relazioni sociali nel pomeriggio.

Il sabato era diverso: poteva alzarsi e disporre interamente del suo tempo, del suo spazio e della sua libertà.

Quel giorno aveva intenzione di recarsi a casa di Asha appena dopo colazione per evitare di cavalcare durante le ore più calde del giorno, in modo da poter trascorrere un po' di tempo con lei dato che Cameron era fuori città per discutere del prezzo del bestiame e Mohe lo aveva accompagnato per iniziare ad apprendere i rudimenti del mestiere. Ann sapeva bene che quel giorno avrebbe anche dovuto comunicare all'amica che non l'avrebbe accompagnata durante lo spostamento della mandria a nord. Doveva esistere un modo per essere sincera nel declinare la proposta, senza dover dire che la ragione principale di questa rinuncia era la disapprovazione di Craig. Asha avrebbe certamente rispettato qualsiasi decisione da parte di Ann, tranne quella di non decidere affatto, consentendo a qualcun altro di farlo al suo posto.

Ann si avviò verso la scuderia seguita da Horn che, malgrado il caldo, le scodinzolava festoso intorno all'orlo della gonna-pantalone per l'eccitazione di partire per una nuova escursione. Non c'era quasi nessuno sulla strada e la ragazza non si dispiacque di non dover incontrare troppi sguardi interrogativi dovuti al suo abbigliamento inconsueto.

Salutò Charlie con una generosa dose di carezze che indugiarono specialmente sugli occhi della cavalla che cercavano con gratitudine la possibilità di strofinarsi vigorosamente su una morbida superficie. Ann fece quindi scivolare la testiera lungo il muso della cavalla che aprì con naturalezza le labbra per accettare l'imboccatura, mentre la sua umana passava la fettuccia di cuoio dietro le orecchie con un gesto svelto ma non brusco. In pochi minuti anche la sella fu assicurata alla groppa ramata di Charlie e i tre partirono di buon passo verso il ranch dei Burton.

Man mano che Charlie si allontanava al galoppo dalla città e si avvicinava al bosco che si stendeva ai piedi della Big Horn Mountain e ai terreni più umidi che abbracciavano il letto del Tongue River, Ann sentiva ammorbidirsi gli schianti degli zoccoli sul suolo, ammortizzando con le ginocchia e con il bacino un movimento meno rude e più rilassato.

Quella gonna-pantalone era veramente comoda a cavallo perché le gambe potevano stringersi contro il cuoio della sella senza che la pelle o il leggerissimo cotone dei mutandoni intriso di sudore facessero attrito sullo staffile. Però che caldo, non passava un filo d'aria sotto quegli orli!

Ci volle più di mezzora tra galoppate, piccole soste e terreni da percorrere al passo, prima che Ann arrivasse a casa di Asha.

Non appena la vide, l'amica le venne incontro sventolando allegramente la mano in segno di saluto. Ann scese in fretta di sella e le si avvicinò asciugandosi con la manica il viso coperto di sudore. Fu allora che Asha si fermò, la scrutò per un istante e scoppiò in una fragorosa risata. Ann, interdetta, sorrise a sua volta, con lo sguardo interrogativo di chi non sa se unirsi all'ilarità o fingersi bonariamente offeso per una presa in giro nei propri confronti.

Asha allora indicò con un gesto la strana gonna di Ann e soggiunse: – Quelli sarebbero pantaloni? – Poi pizzicò con pollice e indice il suo completo e continuò: – Questi sono pantaloni! –

Allora anche Ann non poté che sorridere a sua volta e rispose pronta: – Sei stata proprio tu, Asha carissima, a insegnarmi l'arte del compromesso! –

Il sorriso della giovane indiana proseguì non più con aria di giocoso scherzo, ma con la complicità e l'orgoglio di chi capisce molto più di quello che viene detto, e sa di essere capito a sua volta.

Ann notò subito che Asha era vestita con gli stessi abiti indiani che le aveva visto addosso tempo prima, e dedusse che la sua amica avesse in programma di sfruttare la giornata per fare visita al padre e al fratello alla riserva. Pertanto, convinta di non avere troppo tempo per i convenevoli, venne subito al punto con la stessa schiettezza diretta che si può avere solo in famiglia.

– Asha mi dispiace tanto ma non potrò venire con voi a spostare il bestiame. Ne avrei voglia, lo sai. Abbiamo parlato tante volte di quanto trovi affascinante l'idea di spostarmi a cavallo nella natura, toccando con mano il leggendario lavoro del mandriano di cui sentivo sempre narrare storie e aneddoti quando ero a Denver. Ma non credo sia ancora venuto il momento. Craig non è d'accordo e anch'io... sai... è presto anche per me. Sono arrivata da poco e sto cercando di andare per gradi con tutto quanto... –

– Partendo dall'idea dei pantaloni direi!– intervenne Asha con un sorriso dolce e comprensivo che tutto sommato Ann non si sarebbe aspettato. – Hai ragione, forse andare per gradi è una buona idea. Perché oggi non vieni a fare una cavalcata con me tanto per incominciare? Non è necessario che rendiamo conto a nessuno per questo.

– Dove andiamo?–
Asha la guardò con un guizzo di tenera furbizia e sorrise di nuovo.

6.

In poco più di un'ora, Ann e Asha arrivarono alle porte della riserva di Cheyenne Falls, circa diciotto miglia a nord ovest di Sheridan, dove il Tongue River disegnava un'insenatura morbida e larga in cui si rifletteva la vegetazione tondeggiante sulla cima dell'Horseshoe Mountain.

Ann percorreva quelle rive per la prima volta, ma sembrava che il patrimonio genetico di Horn lo legasse intimamente a quel territorio, considerando la familiarità con cui si tuffava nelle acque del fiume sfruttando le anse meno ripide, e poi, rigenerato dall'acqua fresca che scendeva dalla montagna, si lanciava sotto i cespugli della china erbosa per sbucare, pochi istanti dopo, su un'altura parecchio distante. Pareva tuttavia essere legato ad Ann e Charlie da un invisibile laccio che non gli consentiva mai di allontanarsi oltre l'ideale circonferenza disegnata da un raggio immaginario che veniva inventato dalla devozione che Horn provava verso il suo piccolo ed eterogeneo branco.

Asha sembrava diversa man mano che s'inoltravano nel terreno della riserva: aveva un aspetto più solenne, orgoglioso, tanto da indurre Ann a sentirsi leggermente interdetta di fronte alla scoperta di questo lato ancora inesplorato dell'amica.

Non molto distante dal cartello che delimitava l'inizio di Cheyenne Falls, Ann vide una catapecchia di legno davanti alla quale sedevano due soldati in divisa. Asha si avvicinò lentamente e, quasi senza salutare, sfilò dalla borsa di cuoio che pendeva dalla sella una busta contenente alcuni documenti.

– Miss Downhill è mia ospite – aggiunse, cortese ma asciutta.

L'ufficiale restituì ad Asha i documenti dopo averli ispezionati, poi guardò Ann che rimase in silenzio, e infine fece un cenno del capo in segno di assenso a entrambe. La ragazza indiana restituì lo stesso gesto e proseguì tranquillamente al passo. Improvvisamente parve chiaro ad Ann che non era appena stato varcato soltanto il confine di un territorio, bensì la frontiera tra due verità profondamente diverse e solennemente contrapposte. Si sentì come se stesse accedendo al silenzio di un tempio, al rigore di un carcere, al segreto di un mondo antico. Tanta solennità le fece quasi rimpiangere di aver acconsentito con leggerezza a questa visita, che si poteva rivelare un'esperienza cui non era totalmente preparata. Asha si girò verso di lei e la sua espressione grave si sciolse nel solito rassicurante sorriso che rilassava il cuore di Ann.

A poco a poco incominciavano a infittirsi i gruppi di alti tepee, coni bianchi, spesso dipinti con semplici disegni dalle tinte decise. I pali che emergevano dalla cima, come ciuffi disordinati, si stagliavano verso il cielo come fossero primitive mani in preghiera.

Si sentiva un canto lontano, nenia malinconica e cadenzata, mentre qualche uomo, numerose donne e diversi bambini si aggiravano in modo lento e quasi rassegnato. Qualche bimbo correva e giocava, ma pareva un tacito patto rispettato da tutti il fatto di mantenere un tono di voce sommesso. Ann non poté fare a meno di domandarsi se fosse contegno o malinconia, ma Asha non parve farci caso e iniziò a salutare diverse persone con un gesto della mano, un sorriso o un cenno del capo. Veniva ricambiata con una strana quotidianità, quasi come se ritornasse dopo essersi allontanata solo per pochi minuti dall'accampamento.

Ann al contrario veniva squadrata con stupore e nessuno, veramente nessuno, tralasciava di girarsi per fissarla con un'espressione affatto astiosa, ma piuttosto sconcertata e curiosa.

Non appena Asha scese di sella, Ann la imitò e, tenendo i loro cavalli per le redini, s'inoltrarono nel cuore dell'accampamento, l'una accanto all'altra.

Improvvisamente il silenzio fu rotto da una voce maschile fragorosa come lo schianto di un fulmine che trafigge una quercia, e il nome di Asha fu gridato a pieni polmoni. Ann sentì il cuore rotolare nello spavento, mentre la sua compagna scoppiò istantaneamente in una risata cristallina e lasciò il suo pezzato per precipitarsi al collo di un ragazzo alto e sottile, ma dalle solide braccia che strinsero Asha tra parole cheyenne totalmente incomprensibili ad Ann.

I capelli corvini della squaw si mescolarono a quelli del giovane, identici al punto tale da essere indistinguibili. L'incarnato di lui tuttavia era più bruno e dorato e i lineamenti molto più decisi: occhi scurissimi leggermente a mandorla e un naso pronunciato stretto alla guancia di Asha.

Ann rimase immobile, fino a quando l'amica non si girò verso di lei e, avvicinandosi tenendo per mano il ragazzo, spiegò in una lingua finalmente familiare: – Questo è Waquini[2], mio fratello – Poi si volse verso di lui e, sempre in inglese perché fosse comprensibile a entrambi, aggiunse – Questa è Ann, la mia sorella nel mondo dei bianchi –

---

[2] Nome indiano dal significato di "Naso a uncino"

Quest'affermazione, così nitida e vera, senza orpelli né retorica, semplicemente autentica e disarmante, intorpidì la fronte di Ann per l'emozione e per un attimo la distolse dal nuovo interlocutore che immediatamente richiamò su di sé l'attenzione, avvicinandosi alla ragazza con aria seria e dignitosa. Due lunghe penne sventolavano su ciascun lato della testa, dove erano fermati i capelli appena dietro alle orecchie. Ann rimase ipnotizzata di fronte a questa surreale sagoma, molto più alta di lei, che si stagliava in controluce sull'azzurro compatto del cielo. Waquini schiuse un sorriso familiarmente simile a quello di Asha, e con voce quasi paterna, disse: – Màse. Benvenuta. –

I tre s'incamminarono tra i tepee, seguiti dai cavalli delle ragazze e naturalmente da Horn che non aveva minimamente esaurito la sua vena esploratrice.

Dopo qualche parola di presentazione in inglese, la conversazione scivolò nuovamente in cheyenne e Ann si rese conto dal tono sommesso e dalle espressioni serie che si doveva trattare di un argomento importante che stava molto a cuore a entrambi.

In pochi minuti arrivarono davanti a un'alta tenda, sul cui ingresso sedeva a gambe incrociate un uomo anziano, con lunghi capelli color cenere, parzialmente raccolti sul retro della testa con un mazzo di penne simili a quelle che portava Waquini. La pelle, ancor più scura di quella del ragazzo, era solcata da rughe profonde, simile alla corteccia ruvida di una quercia centenaria. Non c'era linfa però nell'espressione di quest'uomo, non c'era vita. Restava fermo come fosse scolpito nella roccia e anche il suo sguardo, fisso davanti a sé, pareva asciutto come la pietra. Le mani, come foglie essiccate, poggiavano su ciascun ginocchio, apparentemente inermi.

Asha si avvicinò piano e si chinò sull'anziano, appoggiandogli una mano sulla guancia e lasciandogli un bacio leggero sulla fronte. – Haáahe héh [3]– sussurrò quindi prima di alzarsi e, senza aver ottenuto alcuna reazione, neppure un minimo movimento da parte dell'uomo, si girò verso Ann guardandola con grandi occhi leggermente umidi. – Questo è nostro padre, Ann. Il suo nome è Ehane[4]. –

---

[3] - Ciao Papà – lingua Cheyenne
[4] Nome indiano dal significato di "Nostro Padre"

Waquini si avvicinò alla sorella e le appoggiò un braccio sulle spalle, come per confortarla di fronte a qualcosa che feriva lui stesso, ma da cui sentiva specialmente di dover proteggere lei.

Asha inghiottì un paio di volte con fatica e poi, senza sottrarsi all'ala protettrice del fratello, si rivolse nuovamente ad Ann: – Un tempo nostro padre fu un grande Uomo di Medicina, un riferimento per il nostro Popolo. Per noi la Medicina non è solo la scienza del guarire, ma anche la filosofia del vivere e soprattutto la spiritualità che permea ogni istante della nostra giornata. Medicina è equilibrio, è armonia, è pace. Un Uomo di Medicina sa guardare oltre quello che noi tutti vediamo. Sa guardare oltre. –

A questo punto Asha smise di parlare non potendo essere sicura di controllare la sua voce, e volse il viso verso la spalla di Waquini che le accarezzò i capelli. Fu proprio lui a continuare la spiegazione della sorella: – Ha visto molte cose, nostro padre. E ora, forse non è più in grado di guardare. –

Ann capì immediatamente che il ragazzo non stava parlando di una cecità fisica, bensì di un trauma ben più profondo, di un occhio che risiedeva dove lo spirito insegna il destino di un uomo, o, forse, di un intero popolo.

Ann si avvicinò ad Asha e le appoggiò una mano sulla spalla. L'amica si girò immediatamente verso di lei e, nonostante gli occhi ancora umidi, le rivolse uno dei suoi sorrisi sinceri, allungandole una mano pur senza lasciare Waquini. Per un attimo rimasero tutti e tre intrecciati, in silenzio, come una famiglia.

7.

Ann trascorse l'intera giornata a Cheyenne Falls e con il passare delle ore sentì attenuarsi il senso di sopraffazione iniziale per lasciare spazio a una sensazione nuova, mai provata prima. A poco a poco, la nenia che aveva notato appena erano entrate nella riserva scomparve al suo udito, sebbene fosse perfettamente consapevole che non fosse cessata. Era come se fosse stata assorbita dal suo corpo e diventata parte di lei, facendola vibrare con la stessa frequenza del vento che scendeva dalla Horseshoe Mountain. Per qualche minuto si trovò perfino assorta in un momento intimo come quelli che provava quando ascoltava in solitudine la musica di Mr Ree alla locanda, ma la luce che le percorreva il cuore era diversa, più densa, e il suo stesso spirito appariva differente, come una stanza che viene illuminata da una candela anziché dai raggi del sole.

Sedeva vicino ad Asha davanti alla tenda di Ehane e osservava quello strano mondo intorno a sé, i cui unici veri intrusi erano i militari: una manciata di uomini armati, in divisa, che giravano tra i tepee parlando tra loro, trasformando quell'insolito tempio di Terra e Cielo in una metafora di circo, il cui carrozzone era chiuso da sbarre tanto invisibili all'occhio quanto percepibili ai sensi.

Waquini si accucciò davanti ad Ann e Asha con la morbidezza del miele che cola, porgendo a ciascuna ragazza una tazza di tisana tiepida dal profumo di muschio e di terra. La sorella lo ringraziò e prese tra le mani la ciotola in terracotta, mentre guardava l'amica ricevere la medesima bevanda con molta più perplessità. Avrebbe desiderato un grande bicchiere di acqua fresca per portare via il caldo, la polvere, l'emozione, ma non voleva essere scortese nel rifiutare quanto le veniva offerto, sebbene sembrasse assurdo proporre una bevanda calda in quelle circostanze.

– Si tratta di una tisana rinfrescante – spiegò Asha.

Ann guardò nella ciotola che rilasciava un effluvio tiepido di erba e la guardò con perplessità come se la sua compagna avesse per caso perso il senno. Rinfrescante?

Asha rise con complicità: – Il nostro Popolo ritiene che bere un liquido freddo quando le temperature sono così alte possa provocare crampi al ventre e malori improvvisi. Per questo si consuma una bevanda appena tiepida che riequilibri la tua temperatura corporea con l'ambiente circostante. Le erbe hanno un potere rinfrescante! – Allora lanciò uno sguardo affettuoso verso Waquini e continuò: – Sai, mio fratello non è soltanto uno dei cacciatori più abili che il nostro accampamento ricordi… – a questo punto il ragazzo assunse uno sguardo orgoglioso e compiaciuto – ma stava imparando da nostro padre anche l'arte della Medicina. E' una tradizione che viene tramandata dai genitori ai figli giorno dopo giorno, attraverso un costante insegnamento. –

Ann guardò Waquini e pensò quanto fosse più facile immaginarlo come cacciatore piuttosto che come Sciamano. Tuttavia, anche i grandi Saggi erano stati giovani, avevano compiuto un percorso e, magari, avevano iniziato a insegnare ancora prima di aver smesso di apprendere dalla vita, proprio come stava facendo lei stessa.

– Purtroppo però, qui non esiste nulla da cacciare perché la nostra riserva comprende una sola porzione di bosco e, ovviamente, non ci è più possibile spostarci per seguire le mandrie di bisonti – continuò Waquini con una certa sorpresa da parte di Ann che non lo aveva ancora sentito proferirsi in un discorso così lungo. Il suo inglese era buono, sebbene non quanto quello di Asha, ma il suo accento indiano era forte e deciso quanto i suoi lineamenti. – Così non sono più un cacciatore e, purtroppo, non diventerò mai neppure un Uomo di Medicina – concluse con uno sguardo lanciato verso il padre, ancora immobile, seduto come uno scrigno di conoscenza cui Waquini aveva potuto accedere solo parzialmente, ma non a sufficienza per raccogliere l'importante eredità.

Non azzardandosi a toccare l'argomento delicato della situazione di Ehane, Ann si sentì più sicura nel rispondere alla prima metà del discorso di Waquini: – Non potete più cacciare? –

– No – proseguì il ragazzo – La nostra Gente è stata nomade per generazioni, così come quella dei nostri fratelli Lakota: solo così potevamo accompagnare la Madre Terra attraverso le stagioni e seguire le mandrie attraverso le pianure. Oggi siamo chiusi in recinti e dobbiamo dipendere dall'uomo bianco per avere un po' di carne. A Cheyenne River molti nostri giovani cacciatori insieme a numerosi Sioux si sono rassegnati a dover coltivare, lasciando gran parte del raccolto allo Stato che ci tiene prigionieri. Molti Fratelli hanno dovuto perfino abbandonare le tende per costruire forzatamente case di legno in cui i bambini imparano a vestire come uomini bianchi, e… –

Waquini sarebbe andato avanti nella manifestazione dello sdegno di dover vedere il suo Popolo svuotato delle sue tradizioni, del suo sostentamento, della sua dignità nel portare avanti il proprio stile di vita, ma lo sguardo ferito di Asha gli impedì di proseguire. Non avrebbe voluto dire nulla che la facesse soffrire, ma, ormai, era troppo tardi. Asha aveva scelto volontariamente quell'integrazione, portava abiti americani e suo figlio, nato da un uomo bianco, conosceva le sue tradizioni indiane molto più in teoria di quanto non le sperimentasse in pratica.

Ann si rese conto dell'imbarazzo dispiaciuto che era calato sulla conversazione e cercò di trovare dentro di sé uno spunto intelligente per un repentino cambio di argomento ma non ce ne fu bisogno perché in quel momento sopraggiunse Horn, gocciolante come un abito caduto nella tinozza. Aveva appena trovato ristoro dal caldo immergendosi nella vasca per abbeverare i cavalli e ora, tutto scodinzolante, si avvicinava alla sua padroncina per poi scrollarsi l'acqua di dosso inondando non solo Ann, ma anche Asha e Waquini che lasciarono scappare un sorriso.

Una bimba dell'età di Sharon, con i piedi scalzi e una tunica di pelle scamosciata che le lasciava scoperte le ginocchia rotonde e le braccine dorate, trottolava dietro a Horn cercando di afferrarlo stringendo il lungo pelo tra le dita non appena riusciva a raggiungerlo. Allora il lupacchiotto si fermava producendo in lei una risata soddisfatta che lasciava intravedere due denti da latte caduti. Tutti i bimbi crescono allo stesso modo, pensò Ann.

Quando ormai il sole aveva iniziato la sua parabola discendente, Asha comprese che era tempo di ritornare, soprattutto perché Ann avrebbe dovuto percorrere un ulteriore tratto a cavallo dal ranch dei Burton alla città.

Fu allora che Waquini uscì dalla sua tenda con una piccola sacca di pelle di bisonte nelle mani, legata a un lungo cordino. Si avvicinò ad Ann e gliela porse in silenzio.

Asha intervenne per spiegare all'amica che si trattava di una Borsa di Medicina, da portare sempre al collo. Conteneva alcune piante guaritrici che non curavano solo il corpo, ma anche lo spirito, poiché si trattava di erbe *ma-i-yu'*, ovvero sacre e misteriose.

Ann teneva la morbida pelle sapientemente conciata tra le mani e la fissava come se si trattasse di un talismano potente, perfino pericoloso. Fino al giorno prima avrebbe forse rispettosamente e bonariamente sorriso tra sé e sé del significato che veniva attribuito a questo oggetto, ma ora, dopo questa giornata, si sentiva totalmente calata in un'atmosfera di mistica credenza, forse di superstizione, oppure di umana trascendenza.

Alzò gli occhi verso Waquini per ringraziarlo, quando lui aggiunse serio: – Contiene anche *Mowe'hemohk'shin*[5] –

Ann non aveva idea di cosa si trattasse ma sentì la borsetta pesare ancora di più tra le sue mani dopo aver sentito pronunciare quel nome così imponente. Fu allora che vide un guizzo d'ironia attraversare gli occhi di Waquini che proseguì: – E' l'erba che hai bevuto oggi nella tua tisana… Visto che ti è piaciuta così tanto! –

I tre scoppiarono a ridere e Ann fu grata all'allievo Sciamano per quella dote che amava tanto anche in sua sorella: la leggerezza.

Asha salutò brevemente il padre e poi strinse il fratello con un abbraccio lento e lungo. Ann non sapeva come si usasse prendere congedo da una recente conoscenza Cheyenne, allora si avvicinò con aria incerta e lasciò che fosse lui a decidere. Waquini le si approcciò con il suo viso sempre poco decifrabile, poi si abbassò, e si produsse in un inaspettato baciamano da cui si alzò sorridendo e aggiungendo: – Credo si usi così dalle vostre parti! –

Ann s'inchinò ostentatamente e scherzosamente per stare al gioco e poi si allontanò insieme ad Asha verso il limitare della riserva. Dopo qualche decina di passi improvvisamente si fermò, si girò, lasciò Charlie vicino all'amica e tornò indietro svelta. Waquini e Asha la guardavano perplessi e anche Ann, che per tutto il tempo si era mossa in punta di piedi per paura di fare o dire la cosa sbagliata, si stupì di quello che stava facendo.

Raggiunse il ragazzo e gli si rivolse con l'entusiasmo di una nuova scoperta: – So che la tua Gente non usa tramandare le proprie tradizioni attraverso la scrittura, ma ora il mondo sta cambiando. Non possiamo essere sicuri del futuro, ma se le persone possono lasciarci, esiste un modo per fare sì che le parole non ci lascino mai più. I Figli di questo Popolo meritano di conoscere una vita che non viene spiegata dalla nostra Bibbia ma dalla verità del sangue che scorre nelle loro vene. Questo sarebbe qualcosa che vostro padre amerebbe guardare. –

– Scrivere? – soggiunse Waquini gelido come lo sguardo di Ehane. – Prova a scrivere la musica che senti nell'aria. Prova a scrivere il

---

[5] Elk Mint – Agastache anethiodora

profumo delle pelli che abbiamo conquistato cacciando un bisonte con le nostre mani. Prova a scrivere la luce proiettata dalle nostre tende al calar del sole mentre la Madre Terra respira e vibra nello spirito del nostro canto. Se riuscirai a scrivere tutto questo, allora io ti chiederò aiuto. –

8.

Quel lunedì mattina Ann non riusciva veramente a concentrarsi sulla lezione. I ragazzi stavano facendo una semplice esercitazione di aritmetica, consentendole di abbandonarsi per qualche minuto ai suoi pensieri e di respirare a fondo per respingere quel lieve senso di nausea che sentiva alla bocca dello stomaco.

Sabato notte non era riuscita a dormire molto, dopo le emozioni intense della giornata ma soprattutto dopo quello che ai suoi occhi era apparso come la profanazione di un segreto che le era stato rivelato come un grande privilegio. Sentiva di aver rovinato quella giornata, inciampando sulla sua stessa sventatezza. Mai nella vita aveva pensato di potersi dimostrare così invadente e perfino presuntuosa, mai aveva pensato che il suo slancio verso qualcosa potesse tracimare dall'usuale prudenza con cui amministrava anche il lato più intemperante e originale del suo carattere. Pensava forse che dopo aver trascorso poche ore in una riserva, le venisse conferito l'incarico di ignorare secoli di tradizione orale, per affidarsi alle sue velleità di scribacchina?

Asha aveva capito perfettamente lo stato d'animo di Ann e quindi, durante il loro ritorno a casa, aveva cercato di spiegarle che non c'era risentimento nella risposta di Waquini, soltanto la convinzione centenaria che solo nel tono di voce, nel ritmo e nella cadenza di chi parla risieda la profondità di ciò che racconta, la sacralità di parole antiche dal potere quasi taumaturgico. La scrittura veniva considerata uno strumento freddo e infingardo, inventato dai bianchi per stipulare trattati in cui risiedevano sempre risvolti pericolosi, trattati che non sarebbero stati mantenuti perché non c'era anima nella parola scritta.

Le spiegazioni di Asha, per quanto amichevoli e chiarificanti, non migliorarono lo stato d'animo di Ann, che, al contrario, finì per sentirsi ancora più sciocca nell'aver avanzato una richiesta tanto ingenua.

Eppure... non era affatto vero che la parola scritta non possedeva un'anima. Waquini sbagliava a non cercare di comprendere, di provare, così come sbagliava l'uomo bianco quando mortificava la cultura pellerossa senza capire che avrebbe avuto molto da imparare.

Questi pensieri tennero sveglia Ann quasi fino al sorgere del sole, quindi, quando arrivò l'ora di incontrare Craig per recarsi alla funzione, la ragazza si presentò con un viso insolitamente stanco e assonnato. Il suo compagno non diede segno di aver notato alcuna differenza in lei, ma Ann volle supporre che non fosse stata fatta menzione del suo pessimo aspetto non per disinteresse ma per galanteria.

Dopo la messa, la ragazza gli chiese tuttavia di ritornare a casa, anziché proseguire con lui per uno dei consueti picnic domenicali con gli amici rancheros e le loro famiglie. Si disse stanca e un po' debole forse per l'eccessiva calura dei giorni passati e Craig dissimulò educatamente il suo disappunto offrendosi di accompagnarla fino a casa.

Appena arrivati, Ann lo invitò a entrare per offrirgli un bicchiere di limonata prima di tornare sotto il sole di mezzogiorno. Togliendosi il cappello, l'uomo acconsentì ed entrò nel piccolo soggiorno di Ann. Non passavano molto tempo a casa di lei, poiché il ranch di Craig era molto più grande e confortevole, nonché dotato di un maggiordomo e una cameriera che si occupavano della casa. Inoltre ovviamente Joshua viveva con il padre ed era già sufficientemente infastidito dal fatto di trovarsi davanti la maestra al di fuori dall'orario scolastico, per cui nessuno aveva mai osato chiedergli di modificare le sue abitudini all'interno del ranch.

Mentre Ann era in cucina a preparare la limonata, Craig scandagliava quindi la piccola stanza attigua come se gli fosse del tutto estranea, soffermandosi sulla pesante credenza di legno scuro su cui erano appoggiate due foto incorniciate. La famiglia di Ann, probabilmente, abbigliata con ampi vestiti dal taglio raffinato che sfioravano tappeti dall'aspetto sontuoso. Probabilmente la casa di Denver. Da sola doveva valere una fortuna.

Accanto alle fotografie Craig notò uno strano sacchetto di pelle, afflosciato sul ripiano della credenza. Prese tra le dita il cordino che stringeva la chiusura e lo sollevò, facendolo dondolare leggermente per testarne il peso.

Ann uscì in quell'istante dalla cucina e vide il suo compagno tenere in mano la Borsa di Medicina che le aveva regalato Waquini. Gli porse il bicchiere di limonata e con garbo ma decisione gli prese dalle mani il sacchettino.

– C'è una cosa che non ho fatto in tempo a raccontarti. Ieri sono stata con Asha alla riserva e ho conosciuto suo fratello e suo padre. –

– Cos'hai fatto? – si stupì Craig.

– Mi dispiace non avertene parlato prima, ma non ce n'è stata occasione. In realtà è stata una decisione estemporanea: ero andata al ranch di Cameron per dire ad Asha che non prenderò parte allo spostamento del bestiame, ma l'ho trovata in partenza per Cheyenne Falls e mi ha invitato a seguirla. –

– Ann, mia cara – commentò Craig con una gentilezza che mal celava la stizza – questa non è Denver. Cheyenne Falls non è uno spettacolo di selvaggi per intrattenere la gente perbene. Quelli sono indiani veri, non si scherza con certe cose. –

– Lo so bene – ingiunse Ann con voce tagliente e sguardo risentito – So perfettamente che sono persone vere. E tu, lo sai questo? –

– Mia dolce Ann – continuò lui con uno stucchevole tentativo di imbonire la ragazza con epiteti ridondanti che al contrario irritavano Ann in modo crescente – Non ho niente in contrario al fatto che tu veda Asha, dopotutto in un modo o nell'altro è entrata a far parte della nostra comunità. Ma la riserva, gli altri indiani, i loro gingilli primitivi… – aggiunse lui accompagnando le ultime parole a un gesto esplicativo rivolto alla Borsa di Medicina che Ann teneva in mano, stretta come un cucciolo che le potesse essere strappato via dalla corrente.

– Questo non è un gingillo, è una Borsa di Medicina. E' un oggetto sacro che contiene piante guaritrici –

– Un oggetto… "sacro"? Per l'amor di Dio Ann. La Bibbia è un oggetto sacro! E tu sei la persona che deve insegnare questa differenza ai nostri figli! –

– No Craig, ti sbagli. Ai vostri figli insegno che è sacro tutto ciò che risiede nel cuore di un Uomo, o di una Donna –

La conversazione si era interrotta in modo brusco, con un saluto secco da parte di Craig, neppure ricambiato da Ann, e una porta che si chiudeva decisa alle sue spalle.

In quel lunedì di scuola, Ann non poteva che pensare a quanto era stato detto o non detto il giorno prima e alla confusione che aveva rimescolato le carte del suo progetto di "andare per gradi".

Mentre i ragazzi terminavano di contare le dita delle mani per completare addizioni e sottrazioni, la maestra prese la sua piccola borsa di stoffa dalla cattedra per cercare il fazzoletto. La sollevò, la aprì, e al suo interno ritrovò quella presenza rassicurante. La mattina, infatti, aveva deciso di portare con sé il dono di Waquini. Una Borsa nella borsa. Un cuore di umana spiritualità nel sacchetto di tela a fiorellini che da sempre portava appeso al polso per contenere qualche spicciolo e pochi effetti personali. Non era necessario che gli altri sapessero. Sapeva lei, e questo bastava. Per ora.

Ann fu grata alla giornata scolastica per essere scorsa via senza troppi intoppi. In pochi minuti fu a casa e accolse con tenerezza ma senza troppo entusiasmo le feste di Horn.

Decise quindi di stendersi a letto per qualche minuto, solo per chiudere gli occhi e recuperare un po' delle energie spese nel tanto pensare delle ultime giornate, ma, in pochi istanti, crollò in un sonno profondo e silenzioso che spense la confusione della sua mente per lasciar spazio a un buio ristoratore. Quando aprì gli occhi si rese conto che la sera stava calando sull'infuocata Sheridan ma non aveva nulla da mangiare in casa poiché non si era fermata all'emporio tornando da scuola, per la gran fretta di chiudersi fuori dal mondo e restare con se stessa. Un po' svogliata, si lasciò cadere sulla sedia della cucina e rimase ferma a ciondolare per qualche istante, poi si alzò di scatto, afferrò la borsa e uscì di casa. Avrebbe mangiato qualcosa alla locanda.

Le piaceva l'idea di consumare un pasto nella stanza grande del ristorante, poiché finalmente avrebbe potuto vedere Mr Ree mentre suonava, senza dover spiare dalla finestra laterale del vano destinato alla caffetteria. Questa volta avrebbe mangiato una buona fetta di polpettone sentendo le note familiari delle sue ballate preferite attraversarle la mente e riempirla senza lasciare spazio a preoccupazioni o sciocche congetture.

Fu tuttavia innegabile il disappunto quanto Ann notò un certo movimento al locale e si rese conto che quella sera non sarebbe stato Mr Ree a suonare e cantare, bensì un musicista di passaggio, a quanto pare un nome conosciuto, che si era fermato a Sheridan attirando molti curiosi alla locanda. Per fortuna era rimasto un piccolo tavolo vicino alla parete, sul fondo della stanza, incastrato tra una colonna di legno e il piccolo stanzino che portava il nome di guardaroba. Un po' seccata, ma ormai rassegnata al malumore di quei giorni, Ann acconsentì a sedersi laggiù, non essendo, in effetti, interessata a partecipare al tifo vociante per quel cantante dalla voce allegra ma troppo penetrante per il suo umore del giorno.

Mangiò la sua cena in modo rapido e senza prestare troppa attenzione al trambusto circostante, poi, non appena ebbe finito il suo polpettone, leggermente crudo forse a causa del sovraffollamento della locanda che aveva messo sotto pressione il cuoco, Ann afferrò la sua borsa che riposava sulla sedia accanto per trarne le due monete necessarie per pagare il fastidioso pasto. Rovistando all'interno tuttavia, sentì rotolare per terra la Borsa di Medicina che era rimasta per tutto il giorno dentro la propria. Nel semibuio del locale Ann non riuscì a trovarla immediatamente, quindi si accucciò per tastare con le mani sotto il tavolo, dove l'involto era forse finito. Fu allora che notò una mano dall'alto abbassarsi verso di lei, tendendo delicatamente proprio ciò che lei stava cercando. La ragazza alzò gli occhi e si rese conto solo allora che, alle sue spalle, per tutto il tempo, si trovava proprio Mr Ree che, avendo avuto la serata libera, aveva fatto capolino nel suo solito locale per ascoltare incuriosito. Era rimasto defilato dal caos della locanda, in piedi vicino alla porta sul retro, con le spalle appoggiate alla parete, un bicchiere di whisky in mano e il solito cappello color panna spinto fino quasi a coprire le sopracciglia. Ann lo riconobbe immediatamente, ma rimase per un attimo stupita a guardarlo dal basso in alto, notando per la prima volta in tanti mesi che sotto la tesa larga di cuoio scamosciato, albergavano due occhi azzurro chiaro, allontanati dall'età ma avvicinati dall'indulgenza, da cui partivano petali di rughe sottili ma profonde come lampi che vengono da lontano per solcare i cieli domestici. Il cespuglio di barba che copriva il mento di una nuvola ispida e grigia nascondeva appena un sorriso timido di umiltà e prudente di disillusione, ma conferiva al viso il privilegio di uno scudo costruito negli anni.

Ann si alzò verso di lui e lo sentì rivolgersi a lei con morbidezza: – Non si preoccupi, era rotolata qui dietro – Ann sentì per la prima volta la voce di quell'uomo senza che stesse cantando e la riconobbe, calda e profonda come sempre.

– Grazie, Mr Ree... quest'oggetto mi è molto caro... –

– Naturalmente – proseguì lui lentamente ma senza pretenziosità – E' una Borsa di Medicina Cheyenne, un regalo prezioso da ricevere –

Ann sgranò gli occhi tanto da sentire le sopracciglia premere contro la fronte per un breve istante.

Mr Ree allargò il suo sorriso e aggiunse: – Non sono un ragazzino Miss Downhill... ho visto molte cose. Se così non fosse non potrei cantarle . –

Ann annuì e notò che lui conosceva il suo nome. Il nome di quella ragazza che restava ore con gli occhi chiusi nella stanza vicino ad ascoltare, convincendosi di non essere vista.

9.

I ragazzi a scuola sentivano ormai vicina la pausa estiva e anche Ann, involontariamente, aveva allentato la presa in quelle torride giornate di inizio luglio. Talvolta però era obbligata a tirare le redini della sua grande classe per non permettere che si adagiasse prima del tempo. A breve avrebbe, infatti, sottoposto agli allievi una serie di compiti in classe modulati e differenziati in base all'età dello studente e le valutazioni che ne sarebbero conseguite avrebbero costituito l'effettivo giudizio di fine anno.

Ann sapeva chi avrebbe meritato un plauso, sebbene i risultati sulla carta non fossero eccellenti, per l'impegno riversato nello studio malgrado la scarsa predisposizione oppure il tempo limitato da dedicare alla scuola a causa del molto lavoro da svolgere in fattoria, specialmente quando la famiglia non era particolarmente benestante. Allo stesso modo sapeva anche che i voti scritti avrebbero premiato qualche mente particolarmente sveglia che non si era affatto dedicata allo studio oppure qualche ragazzino ozioso ma costretto dai genitori sui libri con uno zelo che sarebbe stato da lodare molto più delle prestazioni dei figli.

Spesso, durante la mattina, Ann si alzava dalla sedia dietro alla cattedra e si avvicinava ai suoi ragazzi per attirare l'attenzione su quello che stava spiegando, o semplicemente per controllarli più da vicino. Dopo qualche minuto, senza nemmeno rendersene conto, si ritrovava seduta sulla cattedra, con il libro in mano e i piedi a ciondoloni. Era una posizione che adorava, da un lato informale e vicina ai suoi ragazzi, dall'altro utile per avere facilmente il polso della classe: sedendo più in alto rispetto all'usuale postazione poteva vedere le ultime file senza difficoltà e farsi vedere a sua volta.

Erano passate poche settimane dalla visita di Ann alla riserva, ma ancora nella sua borsa trovava spazio il suo nuovo inseparabile amuleto. Non aveva avuto modo di trascorrere molto tempo con Asha ultimamente, poiché l'amica era stata impegnata con lo spostamento della mandria e non si erano verificate molte occasioni per stare insieme. In fondo al cuore, Ann sapeva di non aver neppure fatto in modo che si creassero. Non che cercasse di evitare Asha, questo no, tuttavia al momento la giovane Cheyenne rappresentava ai suoi occhi il simbolo e la personificazione del nodo di emozioni che si erano mosse durante quel sabato di giugno e che non erano mai più tornate al loro posto. Ann riteneva Asha una parte importante di questo strano percorso che si era trovata ad affrontare, non la incolpava di alcun disagio, ma talvolta si sentiva lievemente imbarazzata davanti a lei. Inadeguata forse. Incapace di spiegare se stessa e la propria posizione, cosa che Asha peraltro non le aveva mai chiesto di fare.

Anche il rapporto con Craig era cambiato dopo la loro discussione circa la Borsa di Medicina di Ann: non si erano più scontrati apertamente sull'argomento, ma la ragazza sentiva di faticare sempre di più a essere se stessa. Non era paura del giudizio di lui, come era successo in passato, ma piuttosto un modo per proteggersi dalla delusione di non essere capita.

Un pomeriggio Ann decise di terminare la lezione prima del solito, per ridurre la tortura che la canicola delle prime ore pomeridiane infliggeva agli allievi e a se stessa.

Li salutò ricordando loro i compiti da svolgere per l'indomani e, mentre lo sciame vociante si stringeva a imbuto verso la porta di uscita, chiese a Mohe di fermarsi un istante. Il ragazzino, un po' stupito, raggiunse la maestra alla cattedra, guardandola con grandi occhi interrogativi. La pelle bruna era imperlata di sudore trasparente e la camicia umida aderiva al suo corpo, evidenziando come la struttura filiforme del bimbo stesse lasciando spazio alla fisicità dell'adolescente. Assomigliava molto a Waquini, seppur in modo acerbo e ancora privo di quella fiamma orgogliosa nello sguardo, che per ora si apriva ancora fiducioso e cristallino. Ann notò che Asha non gli aveva tagliato i capelli ultimamente, lasciando che gli cascassero casualmente lungo la nuca, sfiorando appena le spalle.

– Sì Miss Downhill? –

– Mohe, ti vorrei chiedere una cortesia. Poiché non ho avuto modo di incontrare tua madre recentemente, ti domanderei se potessi essere così gentile da farle avere questo da parte mia. Vorrei che lo consegnasse a tuo zio Waquini quando ne avrà occasione. –

Ann porse a Mohe un foglio di carta piegato in quattro e legato da una sottile corda. Il ragazzino la guardò in silenzio per qualche istante e la maestra si chiese, senza tuttavia esprimere il suo interrogativo ad alta voce, se Waquini sapesse leggere. Non si trattava comunque di un problema insormontabile dato che Asha avrebbe certamente potuto farlo per lui.

Mohe sorrise mostrando i suoi larghi incisivi disordinati e, fugando ogni perplessità, rispose – Certo Miss Downhill, non si preoccupi – come se fosse stata la richiesta più normale del mondo.

Il giorno dopo, era un giovedì, la lezione scivolò serenamente attraverso la mattinata e Ann, dopo aver spiato Mohe per qualche minuto per accertarsi che non ci fossero stati problemi con Asha, si fece assorbire dalla lettura di Shakespeare più di quanto, forse, non fecero i suoi studenti. Quando venne il momento di lasciarli andare a casa, li guardò come sempre riversarsi in cortile rumorosamente ma notò che Mohe fece in modo di restare indietro. Lo vide avvicinarsi alla cattedra e, un po' imbarazzato, sfilare dalla tasca dei pantaloni di lino beige il foglio di carta che il giorno prima aveva preso dalle mani di Ann.

– Miss Downhill, mamma mi ha chiesto di riferirle che non porterà a zio Waquini messaggi da parte sua, poiché ritiene che lo debba fare lei stessa se pensa che sia importante. Dice che sabato mattina partiremo per Cheyenne Falls e trascorreremo la giornata dallo zio e dal nonno. Papà non potrà venire ma io ci sarò. Mamma sarebbe felice se volesse unirsi a noi. Anch'io ne sarei felice. –

Mohe salutò educatamente e si affrettò fuori da scuola, lasciando il foglio di Ann sulla cattedra e la maestra in un tumulto di emozioni. Non sapeva se dovesse veramente andare oppure se fosse una pazzia. Non sapeva se dovesse sentirsi terribilmente arrabbiata con Asha oppure esserle profondamente grata.

10.

Charlie si sentiva particolarmente viva dopo la pioggia che aveva rinfrescato Sheridan, schiacciando a terra la polvere e sollevando un brivido di ossigeno e di vitalità. Anche dopo la fine dell'acquazzone, per qualche ora all'umidità del sudore si era sostituita quella della rugiada e un fremito di energia solleticò la schiena di Ann quando salì a cavallo nelle prime ore di quel sabato mattina.

Lo stomaco era ancora chiuso dalla tensione della giornata che si stava aprendo, immaginata e reinventata per mille volte nella sua mente durante la notte.

L'energia di Charlie aveva poi però reclamato tutta l'attenzione di Ann che capì in pochi minuti che avrebbe dovuto dedicare la sua piena concentrazione all'esuberanza della cavalla prima di potersi permettere il lusso di preoccuparsi di una questione che non implicava la sua diretta incolumità fisica. Era sempre uno spettacolo incantevole vedere la sua Charlie prodursi in un galoppo energico e rilevato, oppure disteso e potente. Ann si riempiva di orgoglio quando la vedeva scuotere la sua criniera lunga e folta, catturando sfumature di luci e ombre sconosciute a chi non avesse mai osservato la cavalla da più prospettive: da vicino, mentre veniva spazzolata e sellata, da lontano, quando si allontanava nel recinto del pascolo dove veniva lasciata di tanto in tanto, da montata, quando Ann sedeva in sella come se si trovasse sul trono del mondo. Naturalmente, quando l'entusiasmo di Charlie si traduceva in qualche intemperanza, la preoccupazione della ragazza era di sperimentare una nuova prospettiva di cui avrebbe fatto volentieri a meno: da sotto, mentre la sua compagna sgroppava via lasciandola sull'erba umida con Horn che le leccava il viso!

Cercò di evitare di pensare a questa possibilità e di godersi invece lo spettacolo delle montagne terse che si avvicinavano rapidamente mentre gli zoccoli leggeri di Charlie srotolavano miglia di pianura dietro di loro.

In breve arrivò al ranch dei Burton, incrociando Cameron che usciva a cavallo con un paio dei suoi lavoranti per andare a manutenziare i recinti rimasti liberi dopo lo spostamento del bestiame nei pascoli a nord. Il marito di Asha si fermò per salutarla con un gesto amichevole e un'espressione allegra sotto il cappello da lavoro macchiato dal sudore e dalla fatica.

– Buongiorno Ann! Una splendida giornata, fresca al punto giusto per cavalcare fino a Cheyenne Falls! –

Sembrava quasi surreale la naturalezza con cui Cameron considerava quel viaggio.

Ann aveva completamente omesso di parlarne con Craig per evitare nuove polemiche, e ora guardava stupita un uomo che aveva messo da parte i pregiudizi della sua comunità per istinto, amore e convinzione. Non aveva letto Shakespeare, tradotto Catullo o studiato Platone, eppure maneggiava l'indipendenza del sentimento umano con la stessa destrezza con cui sapeva legare un vitello.

– Buongiorno Cameron! Hai ragione, è una giornata incantevole. Ti auguro buon lavoro e mi dispiace tu non possa venire con noi –

L'uomo sorrise e si toccò la tesa del cappello in segno di saluto, per poi riprendere il galoppo seguito dai suoi uomini.

Quando arrivò nel cortile del ranch, Ann vide immediatamente Mohe che si dava un gran da fare per preparare il cavallo di Asha e il proprio: erano due pezzati molto simili tra loro, un pochino tozzi e non molto alti, ma muscolosi e solidi come un letto di quercia.

Il ragazzo salutò Ann con entusiasmo ma senza interrompere la sua attività: spazzolava il manto con energia, cercando di rimuovere gli immancabili aloni giallastri che si stampavano sulle zone candide del manto e contemporaneamente passava la spugna grondante acqua fresca sul muso dei cavalli, sulla groppa e tra le cosce. Era la prima volta che Ann vedeva Mohe in abiti Cheyenne e rimase sinceramente colpita da quanto il ragazzino sembrasse più grande: non più un bravo allievo di scuola, bensì un giovane destinato forse a diventare cacciatore o guerriero. Le braccia lunghe e già tornite spuntavano dal taglio della tunica il cui unico accenno di manica era dato dalla stoffa che scendeva di qualche dito oltre le spalle, il torace su cui iniziava a segnarsi qualche muscolo adulto s'intravedeva tra i lacci sul davanti e sotto il tessuto scamosciato morbido e leggermente attillato, mentre un paio di pantaloni spuntavano sotto l'orlo della tunica maschile, per accompagnare fino ai mocassini due gambe lunghe rispetto alla statura del ragazzo.

Ann lo guardò come se lo stesse scoprendo in quel preciso istante, mentre gli occhi di Mohe, distolti dal suo lavoro, vennero catturati dal gioco di luce che il sole produceva sul manto ramato che copriva i muscoli frementi di Charlie. Aveva sempre adorato quella cavalla, e segretamente si stupiva ogni volta che una creatura tanto speciale potesse appartenere a una maestra. Questo ai suoi occhi elevava immediatamente Miss Downhill di molti punti nella sua scala di valutazione pre-adolescenziale!

Asha li raggiunse presto, salutò Ann come se si fossero viste pochi giorni prima e, con grande sollievo da parte dell'amica, si limitò a dirsi felice di averla con loro in questa giornata, senza fare riferimento alla questione del biglietto che avrebbe fortemente imbarazzato Ann. Non sottolineò neppure il fatto che questa volta la ragazza non indossava la sua comoda gonna-pantalone, bensì una mise perfettamente tradizionale, in nulla diversa da quella che utilizzava per andare a scuola. Solo un elemento spiccava su tutti, impossibile da ignorare con lo sguardo: dal collo di Ann pendeva, fiera e schietta, la Borsa di Medicina.

La cavalcata fino a Cheyenne Falls fu rapida e senza troppi intervalli. Charlie doveva essere frenata e contenuta dalla sua amazzone perché i pezzati che la accompagnavano riuscissero a tenere il passo, tuttavia, quando il terreno si faceva impervio, il coraggio e la solidità dei Paint che procedevano sicuri, si lasciavano alle spalle le sue zampe sottili e un po' incerte. Ann si stupì del fatto che Mohe, a differenza di Asha, cavalcasse a pelo con la destrezza di un Cheyenne di consumata esperienza.

– Mi ha insegnato lo zio quando ero piccolo – spiegò alla sua maestra durante una piccola sosta.

– Sei davvero molto bravo Mohe –

– Miss Downhill, ha mai pensato di provare a montare senza la sella? E' una sensazione bellissima, come se Lei diventasse parte del suo cavallo, della natura, della Terra. Sono certo che sarebbe meraviglioso provare con Charlie… – lo sguardo del ragazzo era di nuovo puntato sulla cavalla, ammirato e incantato dalle sue forme leggere e vibranti.

Ann vide Mohe, così come Asha, consegnare i propri documenti alla postazione dei soldati all'ingresso della riserva e vide concretizzarsi davanti ai suoi occhi la presa di coscienza che il suo giovane e volenteroso studente avesse una vita e un'identità al di fuori delle conoscenze di Ann. Chissà quanto avrebbe avuto da insegnare alla sua maestra…

Inoltrarsi nell'accampamento questa volta suscitò un'emozione diversa in Ann che riconobbe quelle sensazioni profonde che aveva ripercorso a lungo nella sua mente dopo la sua prima visita, ma le accarezzò come un turbamento domestico e dolce.

Qualcosa di differente tuttavia aleggiava tra la gente e anche Asha sembrava essere interdetta dall'immobilità che pesava tra le tende. Non si sentivano canti in lontananza, i bambini non giocavano intorno alle madri e un silenzio ancora più grave del solito schiacciava anche l'iniziativa di salutare Asha al suo passaggio.

Mohe rivolse qualche parola Cheyenne, timidamente festosa, a un paio di coetanei che sedevano vicino a un tepee ma non ottenne altro che un breve cenno in risposta.

In pochi minuti raggiunsero la tenda di Ehane, trovandolo sempre seduto, questa volta rivolto verso la montagna, con le mani adagiate nel proprio grembo stringendo un piccolo bastone ricoperto di pelle, chiuso a ciascun'estremità da un ciuffo di pelo e fissato di lato a un piccolo disco il cui interno era formato da numerose corde intrecciate tra loro. Ehane teneva quell'oggetto immobile, come il resto del suo corpo, quasi come se ne facesse parte, come se fosse il proseguimento delle sue stesse mani.

Waquini era poco distante, in piedi accanto al padre, silenzioso e grave. Ann aveva sperato in un saluto allegro rivolto alla sorella per stemperare la tensione e per agevolare anche il suo approccio dimenticando il disagio delle ultime parole sentite dal fratello di Asha. Le ricordava perfettamente. Quante volte le aveva ripercorse nella sua mente: *"Prova a scrivere la musica che senti nell'aria. Prova a scrivere il profumo delle pelli che abbiamo conquistato cacciando un bisonte con le nostre mani. Prova a scrivere la luce proiettata dalle nostre tende al calar del sole mentre la Madre Terra respira e vibra nello spirito del nostro canto. Se riuscirai a scrivere tutto questo, allora io ti chiederò aiuto"*.

Era stata l'ultima volta che aveva sentito la voce di Waquini e ora lo vedeva lì in silenzio, mentre Asha gli si avvicinava preoccupata e scambiavano qualche parola nella propria lingua. All'inizio furono pochi suoni lenti e solenni, poi il tono del ragazzo si fece concitato e con uno strappo si sottrasse alla mano della sorella che gli stringeva il braccio, girandosi per darle le spalle. Asha abbassò lo sguardo verso il padre e poi si avvicinò al figlio e all'amica.

Rivolgendosi a Mohe in inglese, forse per abitudine o forse per non escludere Ann, lentamente ma senza giri di parole, Asha disse: – Wahkan[6] è morto –

---

[6] Nome Lakota dal significato di "sacro"

Ann cercò di pensare se questo nome le ricordasse qualche racconto dell'amica, ma l'unico pensiero cui associava quel suono erano le due parole "*Wakan Tanka*" che spesso si utilizzavano, mutuandole dalla lingua Sioux, per denominare il Grande Spirito, ovvero la Divinità adorata dalle Popolazioni Native. Un'assonanza tanto fedele a un nome tanto sacro non poteva che designare un uomo speciale.

Mohe comprese subito le parole della madre nel loro significato più ampio, e lentamente si diresse verso il nonno, sedendosi al suo fianco in silenzio.

Ann invece, per quanto avesse ovviamente compreso il dolore profondo del momento, non riusciva a diagnosticarne la natura e la gravità.

– Wahkan fu un grande Uomo di Medicina del Popolo dei nostri Fratelli Lakota. – spiegò Asha – Trascorse molte lune insieme a mio padre per condividere la Medicina e pregare per un nuovo equilibrio dopo che le nostre Genti combatterono unitamente a Little Bighorn: la battaglia fu vinta e il Settimo Cavalleria del Generale Custer fu annichilito, ma questo fu solo l'inizio della fine del nostro Popolo perché da allora la vendetta dell'uomo bianco non si sarebbe fermata e non si fermerà fino a che la nostra Gente non esisterà più. Il massacro di Sand Creek[7] o del fiume Washita[8], in cui centinaia di donne e bambini inermi vennero trucidati dall'esercito americano, indussero il nostro Popolo a battersi a Little Bighorn, ma ora ogni fiume si chiama Washita per noi e questo non potrà fermarsi. Wahkan e nostro padre hanno sperato insieme di poter portare il Potere della Ruota di Medicina tra i nostri Fratelli e i Bianchi. Hanno parlato, cantato, pregato, incontrato le autorità… ma nulla di tutto questo è valso a molto. Ora Wahkan è morto e mio padre… – Asha si fermò quando sentì la voce tremare – Il nostro Popolo sta morendo Ann. Non resterà nulla di noi. Gli insegnamenti dei nostri padri… –

---

[7] Nel novembre del 1864 la gente Cheyenne di Capo Pentola Nera fu attaccata dalla milizia del Colorado presso il fiume Sand Creek. Morirono tra i 150 e i 200 Cheyenne, la cui maggioranza era composta da disarmati non combattenti.

[8] Il 27 novembre del 1868 la stessa Tribù di Capo Pentola Nera che era stata decimata a Sand Creek venne attaccata presso il fiume Washita malgrado si trovasse all'interno dei confini stabiliti per la riserva. Più di 100 Cheyenne furono massacrati, la maggioranza dei quali erano donne e bambini.

Ann abbracciò Asha, per la prima volta dopo molto tempo, con una stretta avvolgente e solida, ma anche rispettosa della dignità che quel luogo conferiva alla squaw.

– No, non è vero che non resterà nulla di voi fino a quando ci sarà anche un solo uomo in grado di onorare la vostra eredità con la memoria e l'insegnamento. –

Waquini a queste parole si girò verso Ann con occhi pieni di dolore e di orgoglio, pieni di fuoco e di rassegnazione, di rabbia e di vulnerabilità.

Fu a questo punto che Ann gli si avvicinò con appena un paio di passi per non invadere il suo spazio personale ma per rendere evidente che era a lui, e solo a lui, che si stava rivolgendo.

Con lentezza estrasse dalla manica il foglio di carta che Mohe conosceva bene, tirò la cordicina per sciogliere il nodo e lo aprì lentamente. Poi, con voce ferma ma morbida, lesse:

La Terra vibra di frequenze ancestrali
nel canto dell'uomo tra le piume del vento
nel rombo dei bisonti verso il profilo del cielo.

Poi, la sera, resta il silenzio
di mani che conciano pelli
dal profumo dolciastro del coraggio,
di voci soffocate da un destino
stagliato al suolo come l'ombra della fiamma.

Dopo aver finito di leggere, Ann tacque per qualche minuto. Rimasero tutti immobili, comprese le foglie degli aceri che ascoltavano mute.

Poi, la ragazza si avvicinò ulteriormente a Waquini e gli porse il foglio le cui parole, scritte in matita, apparivano sfumate dall'umidità del sudore che aveva inzuppato la carta.

Il ragazzo prese la pagina, la fissò, poi alzò gli occhi su Ann: – Questo è ciò che è scritto? –

– Questo è esattamente ciò che è scritto – assicurò lei.

Waquini piegò il foglio ma non lo restituì alla ragazza, lo infilò invece sotto la propria cintura.

– Non si può fermare il corso del fiume ma si può imparare a seguirlo per abbeverare il bestiame e impedire che muoia. Tu hai il cuore nella Madre Terra, la parola nel cielo e lo sguardo nel sole nascente, *Emonah*. Io invece ho bisogno del tuo aiuto per affrontare il sole che scende perché il buio della notte non significhi sguardi ciechi, ma insegni ai nostri e vostri figli a orientarsi con le stelle. –

Ann sentì il cuore esplodere ma annuì appena, imponendosi la sobrietà che conferiva tanta solennità ai gesti cheyenne.

Si costrinse anche alla pazienza e, solo quando tornò in città a pomeriggio inoltrato con la promessa che Waquini l'avrebbe aspettata per iniziare a lavorare insieme, la ragazza si sentì di poter chiedere ad Asha cosa significasse quel nome con cui il fratello l'aveva chiamata durante tutta la giornata.

– *Emonah* – sorrise Asha – Significa "Luna Nuova".

11.

La scuola sarebbe finita al termine della settimana, con la consegna degli ultimi test. Si trattava di giornate impegnative per Ann che preparava i vari compiti la sera, poi trascorreva la mattinata e parte del pomeriggio a controllare che venissero svolti nel migliore dei modi, e infine passava il resto della giornata e talvolta qualche ora notturna correggendoli.

Nonostante quindi il lavoro fosse molto, la ragazza non voleva rinunciare ai suoi respiri di musica alla locanda, perciò talvolta portava con sé i compiti dei ragazzi e li revisionava mentre Mr Ree cantava e la sua musica le permetteva di concentrarsi oppure di volare altrove.

Ogni sera, dopo il fugace incontro con Mr Ree al ristorante quando Ann aveva perso la Borsa di Medicina, il musicista aveva preso l'abitudine di salutare la ragazza con un cenno del capo ogni volta che la vedeva entrare nel locale e lo stesso gesto era ripetuto come congedo quando Ann si alzava per tornare a casa. Era un movimento rapido e non molto evidente, tuttavia lei era arrossita quando lo aveva visto per la prima volta, ricambiando timidamente con lo sguardo abbassato. E ora, quando entrava e usciva dalla locanda, riusciva solo goffamente a dissimulare la breve eccitazione nell'aspettarsi quel cenno, lo cercava con lo sguardo per un attimo sentendo un piccolo nodo al petto, e poi, immediatamente dopo averlo intercettato, spostava l'attenzione per fingere indifferenza. Non accadde più di non ricevere quel piccolo familiare saluto.

Malgrado ciò che gli studenti pensano da sempre, spesso invece non è affatto piacevole il momento della valutazione per un insegnante coscienzioso.

Ann doveva assegnare giudizi che rispondessero a un parametro proporzionale all'età dei suoi diversi allievi, doveva essere oggettiva ma al tempo stesso non poteva ignorare ciò che conosceva dei suoi ragazzi, i meriti con cui si erano distinti durante l'anno, oppure, talvolta, anche i demeriti che non potevano essere dimenticati. Malgrado controllasse attentamente la classe durante lo svolgimento dei test, Ann sapeva che non era possibile sperare di non essersi lasciata sfuggire nulla, per cui talvolta si trovava davanti a compiti che non potevano essere stati svolti se non con un "aiutino" esterno, ma spesso non esistevano prove per dimostrarlo. Era inoltre fondamentale anche accompagnare ogni giudizio con una motivazione inattaccabile perché Ann aveva imparato che, se è vero che il maestro giudica l'allievo, purtroppo è altrettanto vero che il genitore dell'allievo giudica il maestro, e spesso questo avviene con molta meno benevolenza.

Ann non vedeva l'ora che la settimana fosse finita, i suoi ragazzi avessero raccolto i frutti, maturi o acerbi, del loro lavoro, e lei avesse potuto dedicarsi al suo nuovo progetto insieme a Waquini.

Sulla credenza di quercia, accanto alle due foto della sua famiglia e alla Borsa di Medicina, era già pronto il taccuino con la copertina in cuoio che le aveva regalato la mamma quando doveva preparare il suo esame finale a scuola. – Avrai bisogno di prendere appunti – le aveva detto consegnandole l'oggetto con tenerezza. Ann l'aveva preso tra le mani e aveva capito immediatamente che quel prezioso quaderno non sarebbe stato sprecato per un banale uso scolastico: l'avrebbe riservato per qualcosa di più grande e più importante... poesie, forse... oppure appunti di viaggio... o ancora la bozza del suo discorso nuziale quando avesse deciso di sposarsi.

Ora il momento di usarlo era finalmente arrivato. Quel taccuino avrebbe aperto la strada a qualcosa di grande.

Ann non aveva ancora accennato a Craig del suo nuovo impegno alla riserva, non aveva detto nulla del libro che avrebbe scritto, non aveva neppure menzionato la sua ultima visita a Cheyenne falls, anche se aveva la certezza che lui avesse saputo della sua gita poiché Mohe e Joshua erano soliti giocare insieme e il figlio di Asha non era mai parco di parole quando si trattava di raccontare le sue escursioni alla riserva.

Questo silenzio aveva allargato le distanze tra Ann e Craig, ma in quel momento la ragazza aveva deciso che il suo ruolo d'insegnante dovesse avere la priorità su quello che aveva come compagna del padre di un suo allievo.

Joshua aveva passato stentatamente i compiti finali.

– Dovrei dire a mio figlio di inventarsi un passato strappalacrime per avere una buona valutazione da parte della sua maestra? Evidentemente aver perso la madre non è sufficiente per te. –

– Craig, per l'amor del cielo, cosa stai dicendo? –

– A quanto pare i voti più alti della classe sono stati dati ai due negretti e al mezzosangue... si tratta forse di una coincidenza? –

– No Craig, non si tratta affatto di una coincidenza. Ovviamente sono persone abituate a non dare nulla per scontato, a guadagnare quello che ottengono, a voler dimostrare qualcosa.

Per loro la scuola è un'occasione e la parità è un privilegio. Non ti permetto di mettere in dubbio la mia capacità di giudizio oppure le potenzialità dei miei ragazzi solo perché Joshua è troppo viziato per faticare in virtù di un obiettivo. –

Ann sapeva che quest'affermazione non sarebbe volata nel vento, era consapevole di aver allungato il passo ma era anche sufficientemente fiera del proprio lavoro e dei progressi sudati di alcuni studenti da non voler permettere a nessuno, neppure a Craig, di sporcare tutto questo.

12.

Ann non si sentiva del tutto a suo agio nell'entrare alla riserva completamente sola, senza Asha. Sapeva che avrebbe dovuto superare questo soffuso imbarazzo visto che, lavorando alla sua nuova stesura insieme a Waquini, certamente le visite a Cheyenne Falls si sarebbero fatte frequenti e abituali, grazie anche alla chiusura estiva della scuola che le consentiva finalmente di riappropriarsi delle sue giornate. Sperava tuttavia che il mondo intorno a lei smettesse presto di etichettare questi eventi come anomali e li catalogasse come abitudinari, rendendoli quindi una routine comunemente accettata, com'era accaduto per le sue serate alla locanda.

Tuttavia, per ora, Ann non poteva fare a meno di sentire una serie di sguardi che le picchiettavano le spalle, le trafiggevano la schiena e le pungevano il viso. Provenivano dagli abitanti di Sheridan che la vedevano partire a cavallo con la sua Borsa di Medicina al collo e avevano sentito parlare delle sue recenti escursioni con Asha, dalle guardie all'ingresso della riserva che registravano il suo passaggio con aria sospettosa, e poi anche dalla gente di Cheyenne Falls che aveva mutato il suo sguardo da curioso in infastidito a causa di quelle ripetute incursioni.

Ann cercò di ignorare la sensazione di essere un gufo su un ramo brulicante di scoiattoli, e procedette nel suo incedere rigido ma risoluto.

Per un attimo temette di essersi persa tra i tepee: le tende dopotutto apparivano tutte simili e le prime due volte che aveva attraversato l'accampamento per raggiungere Waquini, si era limitata a seguire passivamente Asha, senza prestare attenzione alla strada ma piuttosto lasciandosi catturare da tutto quello che avveniva intorno a sé: i visi, la musica, la foggia e i decori dei tepee, l'attività degli abitanti, l'odore intenso di pellame, le strane sculture totemiche che sembravano osservare il passante con sguardo severo… tutto aveva assorbito i sensi di Ann. Tutto tranne il desiderio di ricordare a memoria un percorso che mai avrebbe pensato di ripetere da sola.

Girò invano per qualche minuto, sentendosi infastidita dagli occhi prevenuti che la osservavano dietro ogni angolo, poi sorrise considerando tra sé e sé che doveva essere certamente una sua suggestione poiché… i tepee non avevano angoli! In una situazione d'imbarazzo anche una silenziosa nota d'ironia autoprodotta può comunque allentare la tensione, pensò Ann con il sudore bollente e la fronte gelida.

Dopo pochi istanti sentì una vocetta sottile come il cristallo: – Hó'nehe[9]!! –

La ragazza si girò di scatto e riconobbe la bimba che aveva giocato con Horn durante la prima visita alla riserva. La piccola stava già trotterellando verso il lupacchiotto che l'aveva riconosciuta a sua volta e scodinzolava allegro, ansimando ancora lievemente per il caldo e la lunga galoppata. Era incantevole sentire le risate della bambina mentre Horn le leccava il faccino e Ann si accucciò vicino a loro tentando un semplice approccio: – Lui si chiama Horn! Io sono Ann – sillabò con un largo sorriso rassicurante. La piccola squaw la guardò intensamente senza emettere alcun suono, ma il suo sorriso sbiadì, lasciando posto a un misto di attenzione, curiosità e accigliata prudenza.

Per la maestra era impossibile decodificare quello sguardo per comprendere se la bimba capisse o meno l'inglese, ma non ci fu il tempo per indagare ulteriormente poiché arrivò una giovane donna con lunghi capelli raccolti in trecce corvine e prese la bambina in braccio portandola via rapidamente dopo aver rivolto ad Ann un cenno del capo distaccatamente cortese. Dopo pochi passi, la piccola, con le braccine ancora intorno al collo della madre, girò improvvisamente la testa e timidamente balbettò: – Horn! – allungando poi un indice paffutello verso il cane. Con sua sorpresa Ann vide la madre girarsi, guardare il lupo, poi l'ospite bianca e infine rivolgerle un piccolo sorriso pieno di contegno prima di darle le spalle e allontanarsi con la figlia ancora in braccio.

Ann le stava ancora guardando quando vide una figura familiare con la schiena appoggiata al tronco di un grande acero a pochi metri da lei.

– Buona mattina, Emonah – disse Waquini, con voce calma ma amichevole.

– Buongiorno Waquini – rispose Ann, sollevata dal fatto di averlo trovato.

– Puoi lasciare la tua bella cavalla qui fino a quando torneremo – continuò tranquillamente lui, mentre si allontanava dall'albero per avvicinarsi alla ragazza.

---

[9] Lupo - Lingua Cheyenne

– Torneremo? Da dove? Pensavo che saremmo rimasti qui a parlare... – aggiunse Ann allertata dall'inaspettata richiesta.

Waquini la rassicurò dicendole che sarebbe stata solo una breve passeggiata e che non avrebbe dovuto preoccuparsi. Poi le indicò una porzione di prato delimitato da alcune corde che erano fissate intorno a diversi alberi e a qualche palo posizionato per reggerle. Vi erano numerosi altri fazzoletti di terra adiacenti a loro volta delimitati nello stesso modo, entro i quali brucavano e passeggiavano placidamente molti cavalli: alcuni erano soli nel proprio spazio, mentre altri si muovevano spalla a spalla con qualche compagno, come si fosse trattato di un branco in miniatura.

Ann guardandoli non poté fare a meno di pensare che questi cavalli della prateria non erano diversi dalla Popolazione Pellerossa, chiusa dentro le corde della riserva.

Dopo aver tolto la sella dalla groppa sudata di Charlie e averle liberato le labbra dall'imboccatura, la ragazza lasciò la sua compagna in quel pascolo insolito e si avvicinò a Waquini.

I due uscirono dall'accampamento passeggiando verso la montagna, ovvero dalla parte opposta rispetto alla direzione da cui Ann era solita arrivare. La porzione della Big Horn Mountain che conduceva fino alla piana del Bull Eye, infatti, apparteneva alla riserva di Cheyenne Falls e sembrava essere, secondo quello che Asha aveva raccontato in passato, l'unica finestra che gli indiani rinchiusi avessero sul ricordo della propria vita passata.

Waquini e la sua ospite camminarono per una ventina di minuti, in silenzio, mentre Ann teneva stretto in mano il taccuino con la copertina di cuoio. A un certo punto arrivarono in uno spiazzo erboso, il cui tetto era formato da una cornice di alberi folti e scuri, dalle chiome rotonde come sbuffi di fumo, che disegnavano un anello intorno a un disco di cielo luminoso. Esattamente sotto la circonferenza di cielo nudo, sul terreno erano appoggiate numerose pietre grosse quanto lo zoccolo di un cavallo, disposte in un cerchio perfetto che rispecchiava quello azzurro al di sopra degli alberi.

Ann guardò in basso, poi in alto, poi si volse verso Waquini che disse: – Ti aspettavo, Emonah. Seguimi. –

Il ragazzo entrò nel cerchio di pietre e si sedette al centro facendo cenno ad Ann di imitarlo.

Poi iniziò.

– Molti nomi l'Uomo Bianco ha dato al Popolo delle Praterie, e molte direzioni hanno seguito le nostre Genti, tuttavia ogni nostro percorso ci ha sempre portato al medesimo punto: poiché tutto intorno a noi è Ruota di Medicina – spiegò serio, allargando le braccia a indicare il cerchio che li circondava. – Essa s'identifica con il modo di vivere del Popolo, il modo di comprendere il Mondo, la via che viene donata ai nostri Capi di Pace. La Ruota è circolare perché non può esistere equilibrio senza continuità e non può esistere l'uomo senza equilibrio. Non esiste inizio e fine, cielo e terra, bene e male, dio e uomo, vita e morte se non nell'armonia che rende l'uno parte dell'altro. –

A questo punto Ann sentì la luce del sole battere sui suoi occhi. Tanti anni di educazione perbenista, d'insegnamento cristiano in cui l'uomo domina sull'animale, Dio sull'uomo, e la penitenza sul peccato si erano appena schiantati su quella Ruota. Inferno e paradiso, uomo e donna, corpo e spirito. Secoli di dualismi studiati su scaffali di libri stavano sudando sotto il sole cocente del cerchio di cielo sopra di lei.

Waquini continuò: – Solo sedendo in cerchio si può vedere il viso dei nostri Fratelli e rispecchiarci in esso. La Medicina è il contatto. –

Ann non sapeva cosa scrivere sul suo taccuino. Forse il giovane cacciatore-sciamano aveva ragione fin dal principio: forse tutto questo non poteva essere riportato se non con sterili parole, mentre solo nella voce del suo insegnante e nel fruscio dei rami risiedeva il senso profondo del calore. Non si era mai sentita così a suo agio con l'universo.

– Esistono due linee entro la Ruota di Medicina – aggiunse Waquini alzandosi in piedi e tracciando con un sasso appuntito due piccoli solchi perpendicolari nell'erba che dividevano in quattro spicchi identici il loro cerchio. – Ognuno di noi nasce in un punto preciso della Ruota e ne possiederà il potere, ma lungo il percorso della sua vita dovrà attraversarli tutti per diventare completo. Chi nasce a Nord possiederà la saggezza, il suo colore sarà il Bianco e il suo Animale totemico sarà il Bisonte. Chi nasce a Ovest possiederà l'introspezione, il suo colore sarà il Nero e il suo Animale totemico sarà l'Orso. Chi nasce a Est possiederà la lungimiranza, il suo colore sarà il Giallo e il suo Animale totemico sarà l'Aquila. Infine, chi nascerà a Sud possiederà l'innocenza e la fiducia, il suo colore sarà il Verde oppure il Rosso e il suo Animale totemico sarà il Topo o, secondo alcuni, il Coyote. –

Ann non riuscì a trattenersi dal ridere quando vide che, proprio dove Waquini aveva indicato il Sud, al limitare del cerchio, sedeva eretto, impettito e concentratissimo Horn. Innocenza e fiducia, era proprio perfetto, pensò la ragazza.

Anche Waquini sciolse il suo tono grave e per concedersi un sorriso giovane che ricordava quello della sorella. La solennità del momento si era ammorbidita in una confidenza fraterna.

Ann si rese conto di essere seduta vicino al punto del cerchio che Waquini aveva designato come Ovest, il luogo dell'introspezione. Si alzò e camminò verso Est. – Spero di essere all'altezza, Waquini. –

– Spero di esserlo anch'io, Emonah – soggiunse sommessamente lui e mosse pochi passi verso Nord.

61

13.

Il pavimento di legno antistante l'ingresso della Chiesa scricchiolava appena sotto gli stivaletti di pelle leggera di Ann, mentre la maestra spostava nervosamente il peso da una gamba all'altra simulando un contegno altero per nascondere la sottile tensione che scorreva sotto il suo abito più distinto.

Probabilmente più di qualche genitore si sarebbe presentato, dopo la consegna delle valutazioni di fine anno, per discutere con l'insegnante il profitto dei figli. Ann si sentiva sicura del suo giudizio e fiera del lavoro che aveva svolto negli ultimi mesi, quindi non temeva un ragionevole confronto su questi argomenti, ma paventava le irrazionali e aggressive critiche che spesso arrivavano da chi non deficitava tanto di cultura, quanto di umiltà e di rispetto. Con queste persone era impossibile intraprendere una vera conversazione e di solito era l'interlocutore più educato a uscirne sconfitto, indipendentemente dagli argomenti addotti.

Fortunatamente Ann vide arrivare Mr Moore, il padre di Christopher, un uomo distinto e moderato nei modi, ma non nelle aspirazioni riguardo al futuro del figlio. Dopo aver reso agiata la propria famiglia con la sua attività commerciale all'emporio, Mr Moore sperava ora di vedere un onorevole epiteto davanti al proprio cognome: Dottore, ad esempio. Dottor Christopher Moore. S'illuminavano gli occhi dell'uomo panciuto solo vagheggiando i successi futuri del ragazzino che, tuttavia, per ora non dimostrava né una particolare predisposizione né tantomeno un interesse speciale verso lo studio. L'anno scolastico si era tuttavia concluso con una valutazione discreta e Ann si domandò cosa portasse Mr Moore a quell'incontro.

Dopo una formale ma cortese stretta di mano, qualche convenevole sul tempo e poche parole sulle valutazioni dei test di fine anno di Christopher, Mr Moore iniziò a muoversi sulla sedia che Ann gli aveva offerto, come se stesse cercando una posizione comoda per affrontare una questione scomoda.

– Miss Downhill, Lei sa che io non ho la presunzione di poter criticare come un insegnante tiene le sue lezioni, Dio me ne guardi… io sono un uomo di commercio, non di cultura. –

Ann lo guardò in silenzio, domandandosi sinceramente dove volesse andare a parare.

Allora lui continuò: – Vede, Signorina, io sono un uomo del sud. Tutta la mia famiglia è di Phoenix e le mie radici risiedono ancora laggiù, anche se ormai amo la mia città e la vita nel Wyoming. –

Ann sorrise educatamente senza capire ancora dove si collocasse esattamente il problema che sentiva arrivare.

– Vede, mio figlio è arrivato a casa un giorno parlando di "triangoli vergognosi", di commercianti malvagi che trattavano i neri come le bestie, di crimini umani... insomma, Miss Downhill, Christopher ha insultato la sua stessa famiglia, il suo stesso padre. Gli schiavi erano parte della vita, laggiù, proprio come lo sono i buoi, o... –

– Mr Moore, mi perdoni... non posso restare ad ascoltarla mentre paragona uomini, donne e bambini ad animali da lavoro. Io credo fermamente che il nostro compito sia di trasmettere la cultura, non per conseguire un titolo o per guadagnare più denaro, ma per divenire esseri umani consapevoli. Non si giudicano le persone, Mr Moore, anche se alcuni individui meriterebbero certamente la condanna dei posteri, ma non è questo il nostro compito. Si giudica la storia perché l'uomo possa evolvere. –

Moore era arrossito leggermente sotto il velo di sudore, senza smettere di sfregare lentamente il palmo della mano sui costosi pantaloni e sul gilet ricamato da cui pendeva la catena dorata di un orologio da tasca.

– Se non sbaglio – continuò Ann con un sorriso astutamente complice – Lei desidera che Christopher diventi un buon medico, non è così? –

Mr Moore alzò lo sguardo verso Ann illuminandosi in volto.

– Ebbene sarà fondamentale che si appassioni al valore della vita umana e che impari a formulare giudizi critici in difesa di essa – concluse scaltra la maestra, con la convinzione sorniona di aver messo a segno il colpo finale.

– Non ci avevo pensato, Signorina. Credo che in fondo Lei abbia i Suoi buoni motivi... –

E, dopo pochi minuti di chiacchiere cerimoniose, Mr Moore se ne andò soddisfatto, come se avesse ottenuto esattamente ciò che desiderava.

Ann si dedicò a qualche consueto colloquio con genitori che tentavano di giustificare il basso profitto dei figli con scuse pittoresche e fantasiose, oppure, al contrario, cercavano nella maestra ulteriori motivazioni per punire i ragazzi a causa delle loro manchevolezze. Il compito dell'insegnante era di procedere, nel primo caso, come se maneggiasse un aratro e, nel secondo, come se dovesse calmare un cavallo riottoso.

Al termine dei colloqui, Ann si alzò dalla sedia e uscì dalla scuola. La guardò dall'esterno, quando ancora si trovava a pochi passi dalla porta, salendo con lo sguardo su, su fino alla croce.

Le venne in mente quanto le era stato detto da Waquini appena pochi giorni prima. Gli Scudi Sacri venivano attribuiti dalle Popolazioni Native soltanto alle categorie di persone ritenute speciali: i Capi di Pace, i Guaritori, gli Indovini e gli Insegnanti. Per questo lo Scudo Sacro veniva anche chiamato Scudo di Insegnamento. Era un compito pieno di responsabilità ma meritevole di rispetto. Gli Cheyenne lo definivano "sacro" ma non lo svolgevano sotto una torre campanaria, bensì in un tempio il cui soffitto era il cielo, il pavimento la Madre Terra e le pareti gli alberi. Non c'erano croci a censurare ordinanze di spiritualità, perché si apparteneva alla sacralità vivente del Cosmo, invece di leggerne la ricetta.

Proprio dopo queste brevi considerazioni, Ann, che aveva deciso di dedicare il resto della giornata alla stesura del suo primo incontro con Waquini, decise inequivocabilmente che non sarebbe rimasta a casa per scrivere e, ancora meno, l'avrebbe fatto in città.

Recuperò il taccuino dal suo salotto e una mela da sgranocchiare strada facendo, poi chiamò Horn con sé e si avviò a piedi verso la campagna al di fuori di Sheridan.

Un rigagnolo d'acqua, quasi in secca a causa della stagione bollente, accompagnava un gruppo di alberi frondosi, candidandosi come luogo perfetto per le esigenze di Ann. Horn naturalmente fu in acqua in pochi balzi e, sebbene la piccola corrente lo bagnasse appena fino alle spalle, un'ondata di incontrollato entusiasmo pervase il lupacchiotto che galoppava tra le radici degli alberi schiantandosi in acqua come un sasso gettato in un fiume. La sua amica umana rideva, sinceramente, di una risata che saliva dallo stomaco, invadeva i polmoni e faceva scoppiare la gola in una serie di sussulti liberatori. Travolta dall'allegria e dal senso di libertà del momento, Ann, che si era già seduta ai piedi di un albero per iniziare a scrivere, depositò il suo taccuino, si piegò verso gli stivaletti e slegò i lunghi lacci, poi raccolse l'orlo della gonna tra le braccia e in pochi minuti fu in piedi nel torrentello, trotterellando allegramente sul posto, mentre Horn la festeggiava in una danza tribale d'incontenibile entusiasmo. Gli schizzi avevano inondato gli abiti di Ann, le avevano perfino bagnato i capelli, ma l'acqua frizzante che saltava sui sassi e l'allegria di Horn le fecero ignorare del tutto i piccoli inconvenienti.

Dopo qualche minuto la ragazza uscì dall'acqua con un sorriso disteso e scarico di ogni tensione: sentiva l'erba secca sotto i piedi freddi e bagnati e il teporino del suolo le provocava un morbido piacere. Si sedette di nuovo, con l'orlo della gonna steso sul terreno ad asciugare e i piedi ancora scalzi, poi raccolse il quaderno per iniziare il suo racconto.

Fu allora che udì qualcosa. Ascoltò più attentamente e invitò Horn a stare fermo per permetterle di sentire meglio. Erano note, ne era certa. Note familiari come il vibrare delle foglie, ma non provenivano da quei rami. C'era una voce ad accompagnare quel suono ed era profonda e rotolante come il borbottio del cavallo quando chiama sommessamente. Calda, rassicurante, profumata di cuoio.

Prima di rendersene conto, ancora scalza, Ann si alzò per avvicinarsi alla fonte del suono, percorse un piccolo prato assolato e giunse a una quercia il cui diametro era pari a quello di un pozzo e i cui rami erano articolati come la genealogia dell'intera umanità.

Fu inutile muovere un passo indietro. Mr Ree l'aveva vista.

Non interruppe la sua musica, continuò, guardandola in viso senza timidezza, mentre la sua voce narrava l'appartenenza. L'appartenenza a una donna, all'universo, a se stessi, a un valore. Non era importante per Ann, perché in ogni caso aveva perfettamente senso.

Quando la canzone terminò, la ragazza era ancora ferma, in piedi, scalza, con parte della gonna inzuppata d'acqua e lo sguardo imbarazzato e ammirato al tempo stesso.

– Miss Downhill, che magnifica sorpresa. Certamente questo è un luogo di gran lunga preferibile alla locanda per ascoltare un po' di musica e per parlare con se stessi – sorrise lui per toglierla dall'imbarazzo, con la naturalezza delle circostanze più abituali del mondo.

– Mi perdoni, Mr Ree, non volevo essere importuna. Mi ero seduta poco più in là per scrivere il mio libro e poi ho sentito queste note bellissime... –

– La prego, si accomodi – ingiunse lui galante come se la quercia fosse il suo salotto dove accogliere un ospite d'eccezione: una dama con i piedi sporchi di terra, pensò lei tra l'orrore e il divertimento. – E la prego, mi chiami James, Signorina –

– Io mi chiamo Ann – rispose lei con il tono compìto di una sala da the – Anche se gli Cheyenne mi chiamano Emonah – Sussultò da sola per ciò che aveva appena detto. Gli Cheyenne? Lei conosceva solo Waquini, a parte Asha. E poi, cosa l'aveva portata a raccontare una cosa tanto particolare a un uomo che conosceva appena?

Come se nulla fosse, James commentò: – *Luna Nuova*, è un nome molto nobile perché in esso risiede la speranza nel futuro. Ma sono certo che lo sappia portare con grazia e con coraggio, Ann. –

La ragazza era stupefatta da quanto aveva appena sentito e allora Mr Ree le raccontò di come lui stesso avesse conosciuto, nel corso della sua vita e dei suoi tanti viaggi, la cultura e la lingua del Popolo delle Praterie.

– Io ero lì, Ann. Ho visto quello che è successo a Washita. Il sangue, i corpi inermi di donne e bambini gettati sul terreno come rami spezzati da un uragano... –

La ragazza fu quasi certa di aver notato i suoi occhi inumidirsi al solo ricordo, ma dopo pochi istanti lo vide abbracciare la sua chitarra e recitare per lei una canzone calma e sommessa che raccontava di queste giovani vite perdute, con la malinconia rispettosa di una celebrazione unita alla speranza leggera dell'esistenza che continua, portando con sé echi di vite spente ma mai gettate.

Ann poteva giurare di aver sentito alcuni versi dedicati a una donna, forse persa a Washita, o forse sospesa in una metafora di futuro.

Le mani dell'uomo si muovevano sulle corde della chitarra come gli scoiattoli saltano tra i rami, agili e giovani sebbene certamente James avesse qualche anno più di Craig, che era già un po' più grande di Ann. Sarebbe stato tuttavia impossibile definire l'età di quella voce, di quegli occhi ingenui e vissuti al tempo stesso, occhi privi di giudizio e colmi di un'accoglienza che Ann percepì come tutt'altro che paterna. Mentre James suonava, lei lo vedeva abbracciare la chitarra con una maestosa tenerezza, mentre la sua figura elegante e sottile guadagnava imponenza nella cassa armonica che faceva risuonare la voce e il cuore.

La ragazza era profondamente commossa al termine della canzone e Mr Ree allungò una mano verso il suo viso, una mano lunga e ruvida, ma delicata come il tocco del vento. Le sfiorò una guancia per sciogliere una lacrima testarda e Ann si sentì al sicuro.

14.

Ann non aveva mai preso in mano uno straccio oppure impugnato una scopa fino al suo arrivo a Sheridan. La casa di Denver era tenuta a lustro dalla servitù e per tutta la durata della sua infanzia, la ragazza era vissuta nella convinzione fiabesca che le ampie finestre fossero sempre trasparenti per magia oppure che la pulizia dei pavimenti fosse una constatazione naturale come il corso delle stagioni.

La famiglia di Ann si era sempre relazionata con cameriere e maggiordomi con il massimo rispetto per la dignità che era dovuta alle loro persone e al loro mestiere, ma semplicemente appartenevano a un universo parallelo in casa Downhill e nessuno aveva mai messo in discussione questo dato di fatto.

Dopo l'arrivo a Sheridan, Ann si era resa conto concretamente che la sua nuova casa non subiva lo stesso incantesimo e che sarebbe stato solo il suo olio di gomito a renderla accogliente. In teoria naturalmente l'aveva sempre saputo, ma il pensiero era stato accantonato a lungo poiché costituiva un effetto collaterale di scarsa entità paragonato ai grandi ideali che muovevano Ann verso la sua nuova vita. La prima volta imbracciò una scopa di saggina con la stessa naturalezza con cui un mandriano di Sheridan avrebbe sfogliato i sonetti di John Donne, tuttavia, la neo-maestra di Denver si rese conto che il mondo vero, anche quello dei grandi valori, passava necessariamente attraverso le quotidiane sporcizie.

Col tempo iniziò a capire che avrebbe spazzato più facilmente se, invece di impugnare la scopa in cima al manico, l'avesse tenuta saldamente a mezza via. Capì che gli stracci andavano lavati di frequente per non spalmare la polvere raccolta sull'intera superficie della casa e scoprì che era opportuno spazzare via i peli di Horn dal pavimento prima di passare con acqua e sapone, altrimenti li avrebbe appiccicati al suolo come i fiori che sua cugina incollava sui suoi lavori di découpage[10].

---

[10] La tecnica del Découpage, di origini orientali, trovò larga diffusione in Europa già durante il Medioevo e conobbe un periodo di splendore specialmente in Inghilterra e Francia durante il XVII secolo per poi diffondersi in tutto il mondo, comprese naturalmente le colonie britanniche. Il nome che viene tuttora utilizzato proviene dalla lingua francese e significa letteralmente "ritaglio".

Nel corso dei mesi però questi lavori domestici le erano diventati familiari, seppure non graditi, poiché era ormai consapevole del fatto che ogni pochi giorni avrebbe dovuto ripetere il tutto, e poi di nuovo, e così fino a che i suoi capelli fossero divenuti dello stesso colore della polvere sulla strada di Sheridan.

Malgrado ciò, con il tempo Ann aveva iniziato ad apprezzare i momenti in cui si prendeva cura di quelle poche stanze che solo di recente aveva iniziato a chiamare veramente casa. Era stato un processo graduale: il primo passaggio era avvenuto quando finalmente la ragazza aveva smesso di svegliarsi nel cuore della notte per l'ululare di un lupo in lontananza, per il verso di una civetta o semplicemente per lo schiocco di assestamento di un'asse di legno, e di sbarrare gli occhi nel buio, sudata e immobile, a perlustrare con la mente ogni minuscolo suono che provenisse dalla campagna che si apriva poche case più in là. L'arrivo di Horn aveva sicuramente aiutato molto a superare questa fase di adattamento, tanto che, alcune volte, quando le paure non sfumavano nel sonno e il materasso s'inzuppava di sudore, Ann chiamava il lupacchiotto sopra il letto e riusciva ad addormentarsi solo sentendo sulla guancia il respiro sereno e ritmato del tartufo umido del suo amico che rappresentava un pezzettino di quel mondo selvaggio tramutato in un rassicurante compagno di vita.

Il secondo passo verso la percezione della nuova abitazione come "casa" avvenne solo poche settimane prima, quando Ann uscì di notte, sotto la pioggia, per accedere alla capannina di legno sul retro, senza più rimpiangere mentalmente i servizi igienici di casa a Denver, ma semplicemente eseguendo il piccolo e scomodo rituale come inevitabilmente necessario e abituale.

Infine poi il passaggio definitivo fu il sopraggiungere di quell'automatismo che le faceva alzare il piede quando si avvicinava alla dispensa, evitando di inciampare sull'asse di legno leggermente smossa a formare un piccolo gradino, su cui per settimane era incespicata distrattamente, fino ad assimilare inconsciamente l'abitudine di sollevare appena il passo. Era casa sua. E la conosceva a memoria ora.

Si trattava di sole tre stanze: una piccola cucina, un soggiorno e la camera da letto in cui Ann trascorreva la maggior parte del tempo, sdraiata sul copriletto con tre cuscini dietro la schiena, a lavorare, scrivere, leggere, pensare, sognare, piangere quando era triste, o talvolta cantare quando i vicini non erano in casa e quindi non si sarebbe vergognata delle micidiali stonature. Dopotutto era la maestra del paese, aveva una dignità da difendere!

Mentre svuotava i secchi d'acqua con cui aveva appena passato il pavimento, gridando a Horn di restare fuori per non vanificare tutto il lavoro con un morbillo d'impronte canine, Ann pensava al consiglio di Asha di far costruire una piccola capanna nell'ampio cortile della casetta per contenere un pollaio o qualche coniglio.

La maestra aveva rigettato immediatamente l'idea per una varietà così convincente di motivi che l'amica non aveva neppure tentato di ribattere.

Anzitutto Ann detestava i polli, le galline e tutti i loro simili. Sporchi, sgraziati, incapaci di qualsiasi relazione con gli esseri umani e cacofonici.

Invece amava troppo i conigli, soffici, teneri, con grandi occhi, lunghe orecchie, morbidi piedoni pelosi e code a batuffolo. Certamente si sarebbe affezionata loro e non sarebbe stata in grado di ucciderli per poterli mangiare o vendere, né avrebbe potuto codardamente demandare la mattanza ad altri.

Infine, Ann non poteva non tener conto del fatto che tutte le modifiche e le sistemazioni di cui la casa aveva avuto bisogno dal suo arrivo a Sheridan, erano state svolte dai lavoranti di Craig. Lui aveva così insistito, probabilmente per far colpo sulla giovane Signorina di Denver, che la ragazza aveva acconsentito ad accettare il suo aiuto, con una vena di malizioso opportunismo, velato da un'ingenuità che spesso Ann indossava anche di fronte a se stessa per concedersi qualche piccola convenienza.

Insomma, la conclusione appariva più che ovvia: si sarebbe continuata a rifornire di uova e carne all'emporio di Mr Moore. Così doveva essere.

Terminando di rassettare la casa, Ann spostò dalla credenza il taccuino degli appunti e suo malgrado le tornò in mente la visita alla riserva del giorno precedente.

Era stata a Cheyenne Falls un paio di volte ormai dalla prima lezione sulla Ruota di Medicina: erano stati incontri piuttosto ravvicinati e questo aveva aiutato Ann a superare molti imbarazzi con Waquini e a immergersi nell'atmosfera del mondo suggestivo che aveva la responsabilità di raccontare. Tuttavia era consapevole che la gente ormai iniziava a parlare della sua nuova abitudine e Craig sembrava sparito dalla circolazione ultimamente, certamente in modo intenzionale. Ann sapeva che gli avrebbe dovuto parlare ma rimandava quotidianamente l'incontro, rendendolo sempre più complicato.

Il giorno prima, mentre passeggiava con Waquini non lontano dal cerchio di pietre dove il loro percorso era iniziato, lui si chinò verso uno sperone di roccia che spuntava dalla montagna e lo toccò con la devozione che si usa su un'effigie sacra. Poi si rivolse ad Ann: – Sentila, Emonah. Tocca questa pietra. E' viva come sono vivi ogni foglia e ogni sasso. Il Grande Spirito riposa nella pietra, salta nel torrente e canta nel vento. Se l'Uomo pugnala la Madre Terra, se ne uccide i figli, se ne disprezza anche la pianta più arsa, si allontanerà da Ma'hëö'o, da Dio. –

Fu allora che Ann lo guardò seria e, forse per la prima volta, interruppe la sua spiegazione: – Waquini, tu stai comunicando un grande insegnamento ed io lo scriverò nel miglior modo possibile. Ma ho una domanda per te. Chi lo leggerà? La mia gente, probabilmente. Ma cosa mi dici delle generazioni Cheyenne che nasceranno dopo che i Capi ci avranno lasciato. Non avranno nulla, neppure questo libro, se non impareranno a leggere. –

– Emonah, non proseguire – ingiunse Waquini con una voce tagliente e indispettita che non gli aveva mai sentito prima – Credevo tu fossi qui per aiutarci a tramandare le nostre tradizioni, non a plasmare i nostri figli come burattini dell'uomo bianco, come sta accadendo a Cheyenne River –

– Il punto è proprio questo – si accalorò lei – Saper leggere e scrivere significa potersi difendere e quindi poter proteggere le proprie radici, comprendere i patti che l'uomo bianco impone senza contradditorio, o magari... leggere queste tue parole tra molti anni e raccontarle ai figli dei figli con la voce piena di emozione come stai facendo tu ora. –

Waquini non rispose, ma le sue narici divennero strette e il suo sguardo sembrava bucare il suolo. La lezione s'interruppe così e Ann rientrò da sola all'accampamento per recuperare Charlie e tornare a casa. Fu allora che sentì una giovane e bella donna Cheyenne avvicinarsi a lei mentre saliva a cavallo e, in un inglese stentato, sibilare: – Voi bianchi rubate a noi terra, libertà, futuro... ora anche uomini. –

Le parole di quella ragazza bucarono il cuore di Ann più di una freccia e, per tutto il viaggio di ritorno, si chiese se forse molte persone alla riserva non fossero più pronte a quello che stava cercando di fare con Waquini di quanto non sembrassero esserlo gli abitanti di Sheridan.

70

Probabilmente non sono così diversi gli uni dagli altri come credono, pensò la ragazza in modo mestamente ironico.

Un senso di malinconia aveva aleggiato su Ann dopo il ritorno da Cheyenne Falls e neppure l'energica attività casalinga aveva potuto scrollargliela di dosso.

C'era tuttavia qualcosa che avrebbe voluto o potuto fare per nascondere ogni emozione ferita con una calda coperta, era qualcosa che la ragazza non aveva più avuto il coraggio di fare dopo l'incontro con Mr Ree, anzi con James, poco più di una settimana prima.

Questa sera sarebbe tornata finalmente alla locanda.

Si rinfrescò, mangiò una frittata cotta distrattamente, poi si aggiustò i capelli con un'attenzione alla precisione della scriminatura che non prestava da anni. Indossò quindi l'abito blu a fiorellini che usava spesso a lezione, ma poco dopo lo tolse e lo sostituì con quello celeste con un piccolo fiocco di pizzo sotto il colletto.

Uscì da casa, s'incamminò verso la locanda e poi ritornò a prendere la borsa che aveva dimenticato sul tavolo di cucina. Andò in camera e provò a indossare i guantini bianchi di pizzo e cotone che aveva comprato a Denver insieme all'abito. Chiuse nuovamente la porta e si avviò verso il locale.

Strada facendo, si tolse rapidamente i guanti appena indossati e li nascose nella borsa che le pendeva dal polso. Decisamente troppo, pensò.

Entrò alla locanda, calda e semibuia, poi alzò gli occhi su James che stava già suonando e cantando da almeno una buona mezzora. Lui la salutò, come sempre, ma questa volta il gesto sembrò un po' più ampio e meno casuale. Fu quasi sicura di aver visto un piccolo lampo di sorpresa negli occhi di lui, ma poi si rese conto che sarebbe stato impossibile coglierlo sotto la tesa del cappello, specialmente nell'ombra a quella distanza. Doveva essere stato frutto della sua immaginazione.

Si sedette a un tavolino, ordinò un bicchiere di limonata e ascoltò il repertorio che conosceva a memoria e che tuttavia sembrava sempre diverso.

A un tratto il locale si riempì di note nuove, non così conosciute ma al tempo stesso familiari per Ann che si alzò in piedi e si appoggiò con le spalle allo stipite che divideva la caffetteria dal ristorante, per ascoltare e vedere senza impedimenti. Era la canzone che James le aveva suonato quando parlavano di Washita, sotto la quercia.

Mr Ree alzò lo sguardo questa volta senza filtri attraverso la stanza e allacciò quello di Ann quando pronunciò gli ultimi versi, differenti da quelli originali che la ragazza aveva sentito quel giorno dalla voce di lui.

Il sole scende e descrive un arco
A cui non restan frecce se non attraverso il cuore

Divenne

Il sole scende e descrive un arco
Da cui scocca una freccia verso la LUNA NUOVA

15.

Il respiro di Charlie, pesante per lo sforzo ma ritmato come il cuore, scandiva quelle miglia che ad Ann parevano infinite. Gli zoccoli stampavano a terra i tre tonfi del galoppo, come tamburi che risuonavano attraverso l'intero corpo della ragazza, mentre l'istante che la cavalla sospendeva nell'aria lasciava la giovane in un'apnea che le annebbiava lo sguardo. La prateria intorno, che scivolava veloce come un fiume, sembrava scorrere dietro uno spesso vetro leggermente deformante che le lacrime negli occhi di Ann costruivano cocciutamente.

Neppure Horn riusciva a tenere il passo di quella fuga convulsa da una ragione che non comprendeva, verso un rifugio che non poteva vedere... tuttavia volava sul percorso che conosceva a memoria, perdendo talvolta Charlie di vista ma senza mai slacciarla dal suo istinto.

Dopo pochi minuti che sembrarono infinitamente lunghi, il ranch dei Burton comparve agli occhi di Ann, che piombò nel grande cortile antistante l'edificio familiare che prometteva conforto. Scese da cavallo senza nemmeno una carezza per Charlie che era ancora vibrante per lo sforzo della galoppata ma soprattutto per la percezione del profondo turbamento, per lei totalmente inspiegabile ma non per questo meno coinvolgente, della sua umana. Facendo scivolare un braccio attraverso il collo sudato della cavalla, la ragazza raccolse entrambe le redini su un lato e le lasciò pendere al suolo mentre si affrettava, arruffata, verso la porta d'ingresso.

Grata del fatto che non ci fosse Mohe in cortile a vederla in quello stato, Ann bussò un paio di volte senza ottenere risposta e, solo quando si girò per avviarsi verso le stalle dove Asha era solita trascorrere molto tempo, si rese conto che l'amica stava ritornando dal viottolo che conduceva al grande orto dei Burton. Le andò incontro sforzandosi di apparire in pieno controllo di sé, ma ad Asha non furono necessari che pochi istanti per capire lo stato d'animo che si nascondeva dietro l'andatura concitata e il viso sconvolto dell'inaspettata ospite. La raggiunse quindi in pochi passi e, appoggiandole le mani su entrambe le spalle, le chiese preoccupata: – Ann, cosa è successo? Ti è capitato qualcosa alla riserva? –

Lo sguardo indagatore della Cheyenne cercava di intercettare gli occhi dell'amica, resi acquosi e cristallini dalle lacrime, eppure scuri come grotte profonde.

Ann scosse la testa senza dire una parola, allora Asha la condusse alla panca di legno che si trovava sotto il portico e la fece sedere accanto a sé, senza mai interrompere il contatto fisico ma evitando di incalzarla a parole.

– Craig – balbettò Ann. – Sono stata da lui ora.–

Sotto un certo punto di vista, Asha si sentì quasi sollevata dall'aver scoperto che la ragione di tanto sconvolgimento era comunque riconducibile a un problema sentimentale, eppure intuì che doveva trattarsi di qualcosa di ben più profondo se Ann era andata in pezzi in quel modo.

– Ora mi racconti tutto, va bene? – mormorò in un tono quasi materno mentre lasciava la panca per entrare a prendere un bicchiere d'acqua. Lo porse ad Ann che bevve qualche sorso rapidamente e tossì per qualche istante per la polvere che rotolava in gola spinta dall'acqua, insieme al grande nodo che sentiva schiacciarle il respiro.

Dopo pochi istanti iniziò a raccontare di quella mattina, quando aveva raggiunto il ranch di Craig per cercare di spiegargli quello che stava facendo alla riserva, sperando, se non in un'approvazione, almeno in un confronto.

Quando l'uomo l'aveva vista arrivare, aveva gettato a terra i finimenti che stava trasportando sulle spalle e le si era avvicinato con decisione.

– Hai un bel coraggio a farti vedere da queste parti, dopo avermi reso lo zimbello del paese. –

Ann l'aveva guardato senza saper rispondere immediatamente poiché non era preparata a un affronto così diretto ed esplicito.

– Allora, non parli? Hai forse dimenticato la tua lingua passando tutto il tempo con i tuoi amici selvaggi? –

– Craig, ti prego, lasciami spiegare. Forse avrei dovuto farlo prima, e te ne chiedo scusa, ma sono qui ora e desidero che tu sappia la ragione di quello che sto facendo. –

– E cosa stai facendo, sentiamo? Stai svergognando te stessa e la tua gente, ti stai dando a quell'indiano... –

– No! No Craig, non c'è nulla tra me e Waquini, lui è un mio amico e un mio insegnante. Nulla più di questo. Lo sto aiutando a scrivere un libro in cui possa raccontare le tradizioni e la filosofia della sua Gente in modo che, se un giorno non ci saranno più uomini in grado di tramandarle, resti qualcosa del loro mondo... –

– Il loro mondo, *Miss Downhill*? Il loro mondo? E cosa ne è stato del tuo, sentiamo? Hai gettato via la tua educazione, la mia dignità, e il futuro che avremmo potuto avere insieme. Ma non lo capisci, Ann? Con la mia attività e i soldi dei tuoi genitori, noi avremmo ...–

Ann a questo punto si sentì gelare il sangue: – Come hai detto? I soldi di chi? –

– Oh andiamo, non fare la ragazzina. Giocare a fare la maestra dei pionieri può essere divertente per un po', ma non sarai stata così ingenua da pensare che questo fosse ciò che avevo in mente per noi – ingiunse Craig sprezzante, mentre si toglieva con una mano il cappello, si asciugava la fronte dal sudore con una manica e poi lo piazzava nuovamente al suo posto con un gesto fin troppo brusco.

– Quello che *tu* avevi in mente? –

Ann era immobile, troppo sconvolta per essere arrabbiata, troppo confusa per rispondere a dovere, troppo ferita per riuscire a difendersi.

– Quello che tu avevi in mente, Craig, era di usarmi per arrivare ai soldi della mia famiglia ed io sono veramente una sciocca ingenua, ma non per i miei ideali di fare qualcosa di utile nella mia vita portando un po' di conoscenza e di apertura mentale dove ancora non ce ne sono, bensì per la fiducia che avevo riposto in te, quando tu invece miravi al denaro dei miei. –

– Non ti preoccupare, ragazzina, la questione è superata ormai. Neanche per tutte le ville di Denver potrei volere una donna che si è fatta sporcare da un indiano. –

Ann era attonita e sconvolta ma questa volta le parole uscirono con una naturalezza schietta e tagliente.

– La mia amicizia con Waquini è pulita, Craig. E' la relazione con te che mi sta facendo sentire sporca come mai prima d'ora. –

Mentre risaliva a cavallo e voltava le spalle per sempre a quel ranch, Ann sentì l'uomo borbottare ancora qualcosa alle sue spalle, ma non si fermò certamente per capire di cosa si trattasse. Galoppò via con tutto il fiato che Charlie fosse in grado di regalarle, fino ad arrivare a casa di Asha, che ora la abbracciava in silenzio, lasciandola sfogare tra parole, frasi spezzate e qualche singhiozzo.

Cameron stava tornando dal lavoro in quel momento, ma quando vide le due ragazze abbracciate e Ann in lacrime, si fermò a qualche metro di distanza, consapevole di essere stato notato solo dalla moglie. Asha gli lanciò uno sguardo serio e Cameron si allontanò senza farsi vedere, per evitare di mettere in imbarazzo l'ospite.

Dopo qualche minuto per ricomporsi e aggiustare il respiro, finalmente Ann alzò il viso dalla spalla dell'amica, mostrando gli occhi gonfi e le labbra leggermente screpolate.

– Mi dispiace. Mi dispiace veramente. Se non fosse stato per la questione della riserva, per Waquini, per il libro... – disse teneramente Asha sfiorandole leggermente una guancia umida.

– No Asha. Non lo capisci? Se non fosse stato per tutto questo sarei rimasta con lui. Voi mi avete salvato. –

16.

Per fortuna la scuola era chiusa, quindi i giorni successivi alla rottura con Craig, Ann non era stata costretta a fronteggiare la folla, e soprattutto a trovarsi di fronte lo sguardo impertinente di Joshua. Era già sufficientemente imbarazzante dover affrontare da sola gli occhi e le parole nascoste del paese durante la funzione domenicale, ma per fortuna poteva assistere alla cerimonia insieme ai Burton e poi sgattaiolare a casa nella speranza che, di settimana in settimana, la curiosità e l'interesse per la sua vita privata sarebbero sfumati per essere riversati su qualche nuovo presunto scandalo di un altro malcapitato.

Era stanca, come se il fusto dei suoi arti fosse svuotato, ma non era sicura che fosse malinconia il sentimento che provava. Doveva esserlo: era una ragazza, sola, abbandonata dall'uomo che si credeva dovesse condividere il futuro con lei, ferita nella sua dignità e offesa ingiustamente... era necessario sentirsi triste. Tuttavia Ann si sentiva più che altro preoccupata, per l'effetto che le menzogne di Craig avrebbero avuto in paese, e arrabbiata, per come lui avrebbe voluto usarla per arrivare al denaro della sua famiglia. Certamente era ferita nel profondo, ma non nel modo in cui si sarebbe aspettata.

Scrivere era diventato per lei un rifugio e talvolta si chiedeva cosa avrebbe fatto quando il suo libro fosse terminato, e con esso le visite a Cheyenne Falls insieme alla sensazione di lavorare a uno scopo. Tuttavia, per il momento, preferiva non pensarci e quasi ogni pomeriggio, quando non era con Waquini, s'incamminava con Horn in quel luogo dove la voce delle foglie di quercia sapeva accompagnare il rumore familiare della matita appuntita che incideva la carta.

Spesso il vento tra i rami non era l'unica musica che quel luogo regalava ad Ann: non era solo sua l'ombra di quel grande albero, ma anche di colui che l'aveva fatta accomodare per la prima volta sotto l'ombrello di fronde per regalarle alcune note e nasconderla dai pregiudizi.

James compariva spesso la mattina presto oppure nel primo pomeriggio, quando le giornate non erano troppo torride, e si sedeva su una grande radice che emergeva dal terreno per disegnare una morbida ansa di legno levigato dalla natura e dall'uso, quasi simile a una poltrona il cui schienale era la corteccia solida del tronco.

Anche quando Ann era sola sotto il grande albero, non sedeva mai in quel posto. Era di James, lei era solo un'ospite. Quando però dividevano la stessa ombra, lui insisteva perché la ragazza si accomodasse proprio lì, protetta dal vento e dal sole, lontana dall'umido del suolo e dagli insetti.

Un pomeriggio, arrivata sotto il suo albero solitario, si sedette a terra prefigurando nella sua mente quello che avrebbe scritto poco dopo, ma, quando alzò lo sguardo, notò qualcosa di davvero singolare: c'era un segno di fianco alla radice di James, appena sotto la superficie che fungeva da seduta. Ann si ruotò sulle ginocchia e si avvicinò con un breve movimento. Poi sorrise, allungò una mano e con le dita sfiorò il legno. Intagliato nella corteccia, semplice e pulito, c'era il suo nome: Emonah. Due piccoli riccioli scolpiti nel legno ancora fresco chiudevano l'incisione ai due lati, rendendola elegante, femminile, ma non pretenziosa. Ann rimase per diversi minuti inginocchiata per terra, con un velo di commozione agli angoli degli occhi e le punte delle dita infilate nei piccoli solchi che erano stati disegnati nel legno solo per lei, per dirle che quello era il suo posto, che apparteneva a quel piccolo universo e il suo ruolo era forse prezioso per qualcuno.

Era comoda sulla sua radice, orgogliosa come una bimba che gioca a sedere sul trono di una principessa, quando, un pomeriggio della stessa settimana, vide arrivare James, sotto il suo solito cappello chiaro con la tesa arcuata sulle tempie, con la chitarra fermata sulla schiena da una cinghia di cuoio e in mano una piccola borsa di pelle nera, simile a quella dei dottori, solo più alta e meno lunga.

D'istinto Ann fece per alzarsi dal suo posto, ma poi si rilassò con il suo taccuino in grembo, fermato dalle gambe che teneva appoggiate a una radice vicina, raccolte a poca distanza dal petto per essere più comoda nella scrittura.

James le sorrise: – Buongiorno, Ann! –

La ragazza rispose con gentilezza e un pizzico di emozione, non sapendo cosa dire riguardo alla piccola ma significativa sorpresa che aveva trovato sotto il loro albero pochi giorni prima. Nessuno avrebbe capito il senso di quel gesto, nessuno tranne Asha, cui Ann di tanto in tanto accennava, con un sorriso imbarazzato ma fremente, qualche dettaglio sul tempo trascorso insieme a Mr Ree. L'amica non commentava, si limitava ad ascoltare e talvolta ad aggiungere: – Cara Ann, credo che un giorno dovrai buttarti. Dovrai provare a cantare. –

Il significato che Asha dava a questo pensiero sembrava più ampio rispetto a ciò che indicava strettamente, come s'intuiva dal tono vagamente solenne che usava per pronunciare parole profonde e simboliche, un po' come accadeva a Waquini. Ann aveva imparato a riconoscere quel segnale e ad accogliere ciò che le veniva comunicato in quel modo con l'attenzione che si riserva all'aforisma di un grande filosofo. Tuttavia, l'unica filosofia da ricercare spesso stava nella semplicità dell'ovvio.

Ann in realtà non sapeva cantare e si vergognava della sua predisposizione a stonare. Le note zoppe uscivano dalla sua gola e le inciampavano nelle orecchie, inducendola ad abbandonare qualsiasi approccio alla musica che amava così tanto. Talvolta invidiava gli Cheyenne perché non bisognava essere intonati per prodursi nelle loro nenie.

Suo malgrado, tuttavia, le capitava spesso di trovarsi a mormorare qualche nota mentre la punta del piede picchiettava il ritmo sul pavimento.

Si trattava certamente di ciò che era accaduto in quel pomeriggio sotto la quercia, mentre James, seduto su una piccola roccia, sperimentava nuove note e motivi, scrivendo qualche appunto su fogli che riposavano nella borsa di pelle. Ann lo guardava di nascosto, fingendo di essere assorbita dalla lettura degli appunti nel suo taccuino, e notava con quale semplicità le mani di lui disegnassero sulla chitarra una sequenza di suoni che a un primo ascolto apparivano già familiari. Poi lo osservava impugnare la matita, che sembrava così piccola nelle sue mani lunghe, e lasciare sulla carta qualche tratto, rapido come la pennellata di un impressionista. In pochi minuti, la ragazza si trovò inconsciamente a intonare tra sé e sé il motivetto neonato ma, non appena se ne rese conto, tacque in un silenzio di pietra sperando di non essere stata sentita.

Mentre scriveva concitatamente sul quaderno per fingersi impegnata, vide James alzarsi con la chitarra in mano, poi avvicinarsi a lei per scavalcare la radice e trovarsi alle sue spalle. L'uomo prese quindi delicatamente il taccuino e la matita dalle mani di Ann e li appoggiò rispettosamente a lato. Quindi posò la chitarra sul grembo di lei, le prese la mano sinistra e l'avvicinò al manico dello strumento, aiutando le sue dita a premere alcune corde in un punto preciso. Poi strinse appena la mano destra di Ann avvicinandola al corpo della chitarra per condurla in un movimento ampio e sicuro.

La ragazza sentiva le mani sudate in quelle tiepide di lui e percepiva le proprie spalle rigide e impaurite mentre entrava nell'abbraccio accogliente di James e della sua chitarra. Si trovò in pochi istanti esattamente tra i due, come fossero un tutt'uno e come se lei fosse stata accolta in quel mondo.

Dopo qualche minuto, Ann iniziò a rilassarsi e a seguire le mani di James nel produrre quel motivetto allegro che aveva orecchiato poco prima. Si azzardò perfino a canticchiarlo piano, mentre la voce di lui, calda come sempre, modulava le semplici note consentendo ad Ann di percepire il respiro tiepido alle sue spalle e la vibrazione del collo ruvido dell'uomo proprio dietro la sua nuca.

Quando James lasciò la presa delicata ma ferma, la guardò sorridere, e poi si mosse verso di lei per recuperare la chitarra che le era rimasta in grembo. Abbassandosi si avvicinò per pochi istanti al suo viso e le posò le labbra sulla fronte. Non fu un bacio, bensì un contatto, lento, prolungato, intimo. Ann chiuse gli occhi in quegli istanti e respirò il suo profumo. Odore di uomo, odore di desiderio, odore di muschio, odore di errore, odore di comprensione, odore di difformità, odore di protezione.

17.

L'estate stava lentamente sbiadendo mentre l'aria fresca proveniente dalla Big Horn Mountain scompigliava i raggi di un sole non più bollente come qualche settimana prima.

Ann aveva perfino sfilato lo scialle di cotone dall'armadio per appoggiarlo sulle spalle durante le prime serate veramente fresche che si scrollavano di dosso qualche temporale. L'aria tuttavia era ancora morbida e profumava di tepore e di pigrizia, senza lasciar presagire un autunno particolarmente precoce.

Il libro di Ann era quasi giunto al termine, dopo diverse settimane di lavoro intenso e appassionato: poche visite alla riserva avrebbero sicuramente completato il percorso che Waquini si era proposto e Ann si stava già domandando a chi avrebbe potuto rivolgersi per la pubblicazione. Forse aveva conservato il nome di quel compagno di studi a Denver, il cui padre possedeva un giornale locale e aveva da poco deciso di aprire una piccola casa editrice per ampliare l'attività. Magari avrebbe potuto scrivergli e raccontargli del suo progetto...

Il filo dei pensieri di Ann scorreva piacevolmente, mentre Charlie calpestava l'ormai noto sentiero che costeggiava il Tongue River.

Quando varcò il confine di Cheyenne Falls, la ragazza tuttavia si meravigliò del fatto che non ci fossero i soliti soldati a controllare l'ingresso. Proseguì lenta, mentre la cavalla annusava il terreno davanti a sé approfittando delle redini lasciate lunghe sul suo collo.

Non c'era quasi nessuno tra i tepee, tuttavia si sentiva un vociare sgraziato e diffuso in lontananza che stupì Ann, abituata ai suoni sommessi di quel luogo. Anche Horn rizzò le orecchie e si fermò attento e concentrato per cogliere ciò che stava avvenendo.

La ragazza proseguì verso la tenda di Waquini, iniziando a scorgere una piccola folla di uomini e di donne che sembravano discutere concitatamente tra loro. Le uniformi blu dei soldati circondavano la moltitudine vociante per evitare che lo scontro verbale trascendesse in azioni violente. Tuttavia Ann non ebbe la sensazione che ci fosse alcun tipo d'intento bellicoso in quell'agglomerato litigioso, soprattutto perché erano le donne le più accalorate.

Era uno spettacolo insolito e scomposto, dal quale la ragazza si tenne distante, senza neppure scendere da cavallo prima di capire di cosa si trattasse in realtà. Era impossibile cogliere il senso di quelle frasi in una lingua di cui Ann sapeva riconoscere al massimo una manciata di parole.

Quando parte della folla concitata iniziò a disperdersi tra le tende, però, fu con estrema sorpresa e una sincera fitta di dispiacere che riuscì a cogliere il bersaglio di tanto nervosismo: era Waquini, spalle al proprio tepee e sguardo insolitamente basso alternato a risposte accese e gesticolare orgoglioso.

In un istante Ann scese di sella e si avvicinò al capannello di gente cercando di capire cosa stesse accadendo ma ottenne in cambio solo lo sguardo ostile di molti Cheyenne, tra cui la donna che l'aveva accusata, diverse settimane prima, di voler "rubare" Waquini al suo popolo. Con sguardo sprezzante e lievemente disgustato, la squaw si discostò da Ann come se non volesse contrarre una grave malattia di cui la ragazza bianca era portatrice, poi si allontanò seguita da molte altre donne dell'accampamento.

Forse la conoscenza, l'integrazione, il compromesso erano veramente una malattia da cui nessuno dei due popoli voleva essere contagiato, pensò per un attimo Ann, che, sollevando lo sguardo dalla terra polverosa, incontrò gli occhi di un'altra ragazza indiana, senza questa volta sentirsene ferita. Ricordava quel viso, anche se dovette impiegare qualche minuto per mettere a fuoco la fisionomia: si trattava della mamma della bambina che aveva giocato con Horn, la giovane donna che le aveva rivolto un sorriso in segno di rispetto prima di portare via la figlia. La Cheyenne si stava spostando a lato, non per evitare il contatto con Ann, ma al contrario per lasciarle libero uno spazio fino a Waquini, e accompagnò il movimento annuendo con il capo in segno d'incoraggiamento.

– Emonah – intervenne lui immediatamente dopo aver scorto l'ospite – Non sono sicuro che oggi sia una buona giornata per parlare. Mi dispiace davvero, ma forse dovresti andare. –

Ann però non aspettò di ascoltare il consiglio e in pochi passi gli fu istintivamente accanto, sentendosi improvvisamente al centro di una minuscola arena, circondata da occhi, ora silenziosi, che la fissavano senza imbarazzo.

Waquini mosse quindi un passo per coprire Ann dal contatto visivo diretto con la sua Gente, poi allargò le braccia e pronunciò poche parole, perentorie, lente e accompagnate da un ampio gesto descritto con la mano destra. Infine girò le spalle alla piccola folla e spinse Ann a precederlo, mentre gli Cheyenne iniziarono a separarsi per ritornare alle proprie attività, borbottando piano parole misteriose.

Waquini si fermò solo quando furono arrivati al limitare del bosco e Ann si girò verso di lui con aria preoccupata chiedendogli cosa fosse accaduto poco prima.

– Non è niente Emonah, ma oggi il mio Spirito non potrebbe esserti utile per imparare nulla di buono. Dovrai tornare un altro giorno. –

– Lascia perdere il libro, Waquini, io non sono qui solo per questo. Tu sei un mio amico e il tuo Spirito mi sta a cuore indipendentemente da quello che potrebbe insegnarmi oggi. –

Ann si rese conto che per la prima volta da quando si conoscevano si era rivolta al ragazzo da pari a pari. Per la prima volta non era la sua allieva, ma una sua coetanea e una sua amica. Per la prima volta era stata in grado di dirgli tutto questo.

Waquini fu colto alla sprovvista dalla risposta adulta e decisa di lei e, senza neppure rendersene conto, lasciò cadere impercettibilmente le spalle, insieme alle mani e alle sopracciglia. Per un attimo Ann credette perfino di averlo ferito o offeso, poi capì che forse il suo amico Cheyenne non era che un giovane uomo, proprio come lei era una giovane donna, e, sebbene portasse con sé il carisma e la responsabilità che fa crescere in fretta, talvolta si poteva sentire sopraffatto dal peso di un Popolo intero che stava cercando di traghettare oltre l'oblio con le sue lunghe e giovani braccia. Forse, ogni tanto, anche lui aveva bisogno di lasciar scivolare il fardello dalle spalle per non venirne schiacciato a sua volta.

Waquini evitava lo sguardo di Ann che cercava insistentemente i suoi occhi, ma la ragazza era certa che ci fosse un velo di rugiada a rendere lucido il marrone intenso di quelle foglie.

Fu allora che lei, senza pensare, senza parlare, si avvicinò al giovane Sciamano e passò le proprie mani intorno alle spalle di lui, da cui ciondolavano ancora le braccia inermi. La ragazza lo strinse per qualche minuto appoggiando il mento sulla pelle liscia della sua spalla e per qualche istante colse un paio di minuscoli, impercettibili sussulti, forse piccoli singhiozzi, forse solo respiri inciampati. Waquini non restituì l'abbraccio, ma consentì a se stesso di lasciarsi accogliere, per un attimo, senza avere nulla da dimostrare.

Poi Ann lo lasciò e si allontanò di pochi passi dandogli volontariamente le spalle, per consentirgli di avere qualche attimo per ricomporsi senza sentirsi imbarazzato sotto gli occhi di lei. Allora, si girò nuovamente verso di lui e gli chiese: – Cos'è successo Waquini? –

– Vedi, Emonah, tu avevi ragione sin dall'inizio. Ci ho messo un po' di tempo, ma io l'ho capito, però la mia Gente non è ancora pronta e questo potrebbe essere il colpo al cuore che ucciderà il mio Popolo. –

– Avevo ragione a proposito di cosa, Waquini? Stai parlando del nostro libro? –

Lui scosse la testa e continuò piano: – Oggi è arrivata una comunicazione dal Commissario degli Affari Indiani per questa regione. Si trattava di una nuova regolamentazione delle riserve, nuovi dettami da seguire, spostamenti di alcuni Fratelli... –

Ann ascoltava preoccupata senza riuscire a capire in quale modo questo fatto avesse potuto rivoltare gli abitanti dell'accampamento contro Waquini.

Lui improvvisamente alzò il tono del racconto e stagliò il proprio sguardo negli occhi della sua interlocutrice, gesticolando vigorosamente con una mano: – Nessuno, Emonah, nessuno di noi era in grado di leggere quel comunicato, a eccezione di un paio di giovani provenienti da Cheyenne River che sono stati capaci appena di comprenderne il senso. Abbiamo dovuto farcela leggere dai soldati. Come possiamo essere certi che ci abbiano detto la verità? Per quel che ne sappiamo potrebbero anche inventarsi l'obbligo di indossare una casacca a stelle e strisce, come dicono loro, per il solo piacere di guardarci mentre ci rendiamo ridicoli. –

La tristezza sconfitta sul viso di Waquini si era tramutata nel furore di un orgoglio umiliato.

– Dov'è questo comunicato? Posso leggerlo io per accertarci che vi abbiano detto la verità. – intervenne Ann.

– Non è questo il punto! – interruppe lui violentemente – Il problema è che, proprio come dicevi tu, nessuno di noi potrà mai più sperare nella libertà se i nostri figli non impareranno a leggere, a scrivere, a difendersi con armi diverse da quelle che usavamo per i bisonti perché ora il nemico è più astuto e disonesto. –

Waquini s'interruppe e Ann proseguì al suo posto: – Quindi hai provato a suggerire di far studiare i ragazzi. –

Lui annuì.

– Non funzionerà mai Emonah. La mia Gente non è in grado di cambiare più di questa pietra, e sotto di essa sarà seppellita –

Ann gli si avvicinò e appoggiò una mano sulla sua spalla, da sorella a fratello come aveva visto fare Asha tempo prima, e aggiunse: – La pioggia modifica la pietra Waquini. Tu mi hai insegnato che il Grande Spirito riposa in essa, quindi non può essere senza speranza. –

Waquini appoggiò la propria mano sopra quella di Ann e respirò a fondo.

18.

Non era stato facile ritornare alla riserva nei giorni successivi allo scontro tra Waquini e la gente dell'accampamento, ma Ann si sforzò di non rimandare le visite, sia per portare a conclusione il suo lavoro prima dell'inizio della scuola, sia, soprattutto, per accertarsi personalmente di come stesse il suo amico cheyenne.

Aveva raccontato ad Asha l'accaduto, con un soffio di senso di colpa per aver in qualche modo spinto Waquini a prendere posizioni che non avrebbe mai assunto senza l'influenza di Ann. Talvolta la ragazza si chiedeva sinceramente se tutto ciò per cui stava lavorando alla riserva fosse destinato a fare del bene ai loro Popoli, dato che fino a quel momento non aveva procurato loro che dispiaceri. Asha non permetteva mai all'amica di indugiare nel dubbio o nel rimorso e, dopo tante parole, la consolò dicendo: – Ann, tu sei riuscita a fare ciò che io non sono mai stata in grado di realizzare. Ci sono persone come me capaci di seguire corsi d'acqua alternativi, e poi ci sono persone come te in grado di spostare quei corsi. –

Settembre planò sull'estate di Sheridan, ma l'illusione di freschezza che aveva accompagnato gli ultimi giorni di agosto non pareva promettere un autunno frizzante, poiché una seconda ventata di estate aveva sorpreso i contadini e i mandriani, costretti a fare i conti con pascoli ancora secchi come la stoppa, a cui le mandrie probabilmente non avrebbero potuto far ritorno se non verso fine novembre, con almeno un mese ritardo rispetto al solito, quando le piogge e il clima di inizio autunno rinverdivano il foraggio già a ottobre.

La scuola, tuttavia, non seguiva il ritmo delle stagioni, bensì quello del calendario che cadenzava prepotentemente le convenzioni umane.

In una tiepida mattina di metà settembre, Ann si preparava per entrare in classe con uno stato d'animo piuttosto confuso. Molte cose erano cambiate rispetto a luglio, quando aveva lasciato i ragazzi. Ora Ann si sentiva un'osservata speciale in paese: il rapporto con Craig era esploso lasciando non pochi danni, e infine la maestra si era abituata a uno stile di vita diverso, diviso tra il mondo che esplorava a Cheyenne Falls e quello, apparentemente più domestico ma in realtà ancora più misterioso, in cui s'immergeva quasi ogni giorno insieme a James.

Entrando in classe, Ann recuperò i vecchi automatismi, salutò i ragazzi e si sedette alla cattedra domandando come fossero andate le vacanze estive.

Esplorò i loro visi, sempre uguali anche se più abbronzati e lentigginosi, e, tutto sommato, si sentì a casa.

Joshua non la guardava mai negli occhi, teneva il viso abbassato mentre giocava con la matita che teneva in mano, ma la maestra non lo forzò inizialmente, sperando che l'imbarazzo scendesse con il tempo.

Dopo qualche minuto di conversazione per ammortizzare la fine delle vacanze e l'inizio della prima lezione, Ann si alzò dalla cattedra e si diresse verso la pesante tenda di velluto verde scuro che nascondeva la lavagna a muro e la cartina geografica quando la scuola era chiusa, oppure durante la funzione domenicale, per mimetizzare la presenza di elementi non pertinenti alla Casa di Dio. Con un gesto ormai consumatamente familiare, la maestra afferrò la stoffa spessa e la fece scorrere nei suoi anelli trascinandola con sé per diversi passi lungo il muro. Fu allora che sentì uno strano mormorio tra i ragazzi, qualche risata soffocata e qualcun'altra meno nascosta. Ann si girò a osservarli con aria interrogativa, poi istintivamente guardò la lavagna che aveva appena scoperto.

Sotto il consueto alfabeto disegnato da lei stessa in bella calligrafia l'anno precedente per aiutare i più piccoli nella lettura, compariva ora una grande scritta in stampatello: "*AUGH!*".

Ann guardò Joshua che non giocava più con la matita, ma fissava la maestra con aria di sfida, scambiandosi qualche sguardo complice con Rebecca, la sorella maggiore della piccola Sharon, la bimba che cercava la sua gabbietta dei conigli sulla carta geografica. Le due bambine erano figlie del Sindaco Watkins, Presidente del Consiglio Cittadino nonché caro amico di Craig. Sharon aveva ancora conservato l'innocenza morbida della sua età, mentre Rebecca sembrava aver recentemente assorbito la presunzione del padre, mimetizzata dai modi convenientemente gentili che Ann reputava tipici di chi ricopriva un ruolo politico. Mr Watkins le ricordava fin troppo i damerini di Denver, con i loro viscidi baciamano e costose borse di pelle contenenti promesse che non sarebbero mai state mantenute.

Ann rimase in silenzio davanti alla classe per qualche istante, poi prese lentamente in mano la spugnetta e cancellò senza fretta la scritta irrisoria.

Infine si girò verso la classe, ora in un silenzio di tomba, e disse, con un tono tranquillo e lievemente sorridente: – Vi ringrazio per il vostro saluto, ragazzi. Ma, a differenza di quanto viene erroneamente detto, non è questo il modo corretto per dire "Buongiorno" in lingua Cheyenne. –

Allora prese il gesso e scrisse in stampatello "Pâhávevóonä'o", pronunciando poi la parola con lentezza come per indurre la classe all'automatismo della ripetizione.

L'azione funzionò perché gran parte degli studenti provarono a riprodurre lo strano idioma e Ann si congratulò con loro.

Non contenta, la maestra proseguì con calma e sotto il saluto cheyenne scrisse "Bonjour", pronunciò la parola e poi spiegò che si trattava del medesimo significato in lingua francese.

Poi, non ancora soddisfatta, aggiunse il termine "Ave" e raccontò come quello fosse il saluto più frequente in lingua latina.

Con calma Ann tornò alla cattedra, spiegando che avrebbe lasciato per tutto il giorno quei termini scritti alla lavagna, in onore della nobile richiesta da parte della sua classe di conoscere lingue diverse e utilizzarle per una bella sorpresa come il saluto alla maestra che non vedevano da tempo.

I sorrisi di Joshua, Rebecca e alcuni loro compagni di giochi si tramutarono in un'espressione offesa e Ann si sentì orgogliosa di se stessa quando vide alcuni ragazzini, durante l'intervallo, giocare tra loro salutandosi nelle tre lingue scritte alla lavagna.

– Sarà un lungo anno – pensò poi tra sé la maestra prefigurandosi le piccole grandi sfide che l'avrebbero attesa quotidianamente.

Quando il primo giorno di scuola fu finalmente terminato, Ann si diresse piuttosto stancamente all'emporio per acquistare qualche uovo per la cena. Si chiedeva se la stanchezza dipendesse dal fatto di aver perso l'allenamento alle ore d'insegnamento, oppure se inconsciamente sentisse la pressione che incombeva su di lei e se fosse proprio questa tensione ad assorbire gran parte delle sue energie.

Salì i pochi gradini davanti al negozio di Mr Moore e sentì il noto rimbombo dei tacchi sul legno dipinto e tirato a lucido, quindi si diresse in modo quasi automatico verso il bancone, evitando la colonna bianca al centro dell'emporio da cui pendevano alcune funi e altri oggetti di uso comune. Spesso Ann indugiava per qualche minuto nella stanzetta attigua, dove erano appesi alcuni abiti, cuffie di cotone, cappellini di paglia e stoffe variopinte. Gli indumenti appesi erano praticamente sempre i medesimi, confezionati dalla sarta del paese oppure acquistati a catalogo per soddisfare le esigenze più comuni della gente di Sheridan, tuttavia ad Ann piaceva passare davanti ai vestiti e allungare una mano per tastarne il tessuto tra le dita, come era solita fare con la madre quando andavano a fare acquisti nelle boutiques di Denver. Non c'era molto da saggiare in realtà nel cotone un po' grossolano e sempre identico degli abiti nell'emporio di Mr Moore, ma quel gesto naturale faceva sentire Ann un po' a casa, oppure, talvolta, finiva per farle notare ancora di più quanto fosse lontana dalla sua famiglia.

Quel giorno, tuttavia, la ragazza non prestò attenzione alla merce del negozio e si avvicinò immediatamente al banco per ricevere le sue uova e poter andare a casa a riposarsi, o forse solo a rifugiarsi dalle tensioni. Due uomini stavano parlando con Mr Moore quando Ann entrò dalla porta: si trattava del Sindaco Watkins e del Dottor Pierce, il medico del paese. Non appena sentirono i passi della maestra che si avvicinava, la conversazione concitata e accesa sembrò rimanere sospesa come un denso fumo nell'aria che non viene alimentato ma non si disperde abbastanza in fretta da non farsi notare. Naturalmente Ann fece finta di nulla, salutò e procedette con il suo acquisto, tuttavia, mentre lasciava il negozio con il suo piccolo cartoccio in mano e con i sei occhi degli uomini fissi sulla nuca, iniziò a sentire un senso di nausea e di lieve svenimento che non migliorò fino a quando, arrivata a casa, non si distese sul suo letto, allontanando bruscamente Horn con un gesto quasi stizzoso.

19.

Uno dei più bei complimenti che Ann avesse mai ricevuto fu pronunciato da James qualche settimana dopo l'inizio della scuola.

Per i primi giorni, a causa dello scherzo dei ragazzi sulla lavagna, delle parole che sentiva pronunciate alle sue spalle in paese e dell'ostilità implicita di alcuni genitori, la ragazza aveva sentito un profondo senso di sconforto, nell'idea di aver osato più di quanto non fosse in grado di gestire. Si sentiva in trappola, senza la convinzione di voler andare avanti, ma con la consapevolezza di non poter ritornare indietro.

Con il passare dei giorni però, il senso d'impotenza si stava tramutando a poco a poco dentro di lei nella sensazione di non essere bloccata in un sentiero poi così stretto da non consentire al suo cavallo di girarsi e tornare sui suoi passi, bensì di essere riuscita a spingersi su quel sentiero fino a un punto che neppure lei avrebbe sperato. Questo pensiero riusciva a coprire la paura con l'orgoglio che accendeva il suo carattere entusiasta in un rimbalzo emotivo che le regalava la spinta per ricominciare.

– La regina Elisabetta diceva "se ti manca il cuore, non iniziare neppure ad arrampicarti". A me non manca il cuore, James, non mi è mai mancato! –

Fu allora che lui guardò la giovane sorridente mentre il sole che filtrava tra le foglie della quercia disegnava arabeschi luminosi sui suoi capelli e, con uno sguardo profondamente incantato, le disse: – Ann, questa è una delle cose che più amo di te: la tua capacità di rinascere come l'alba che schiude i grandi occhi puliti al mattino come se non avesse mai visto il male del giorno prima. –

Lei rimase in silenzio, in piedi, con le spalle appoggiate al solido tronco e le mani incrociate dietro la schiena. Lo guardava come se vedesse se stessa attraverso gli occhi trasparenti di lui e, per qualche istante, ebbe consapevolezza di ogni parte del suo corpo. Una consapevolezza piena e orgogliosa. Una consapevolezza di donna che intrecciava mente, cuore e sensi, intorpidendole i muscoli e facendole vibrare la pelle di un respiro segreto.

James le si avvicinò piano, sfiorandole la manica delicatamente fino a raggiungere la mano della ragazza che sentì chiusa involontariamente in un pugno. Le dita lunghe di James sciolsero allora quella stretta e si sostituirono a essa, mentre l'altro braccio dell'uomo si avvicinava alla vita di Ann, senza ancora allacciarla per darle la possibilità di sottrarsi se l'avesse voluto. Ma la ragazza non si spostò, rimase immobile ed emozionata mentre sentiva la gamba dell'uomo sfiorarle la gonna e la tesa del suo cappello avvicinarsi tanto da riparare anche gli occhi di lei dal riverbero accecante del sole. Per un attimo, quindi, Ann vide chiaramente i lineamenti di lui, prima di chiudere le ciglia e ascoltare le labbra maschili che si appoggiavano sulle sue con la stessa ferma gentilezza che le stringeva la mano. Non c'era avidità, né timidezza in quel contatto. Non c'era arroganza né insicurezza. C'era il respiro di un uomo che sollevava tra le sue braccia quello di una donna.

20.

In un primo momento non era stato facile per Ann convincere Waquini della sua idea. Il ragazzo Cheyenne aveva reagito con un rifiuto categorico, ma ormai la sua amica aveva imparato che la chiusura iniziale faceva parte del consueto procedimento di metabolizzazione che lui innestava involontariamente di fronte a ogni nuova proposta.

Ann, quindi, gli lasciò qualche giorno di tempo per assuefarsi all'idea e poi ritornò alla carica con tutta la sua persuasività. Il quarto giovedì di novembre, la data del Giorno del Ringraziamento, si avvicinava a passi da gigante e la ragazza di Denver aveva spesso pensato, nel corso dell'autunno, a cosa avrebbe significato trascorrerlo lontana dalla famiglia. Quando Asha le propose di pranzare con Cameron e Mohe alla riserva insieme a Waquini ed Ehane, ad Ann parve improvvisamente che tutto il resto dell'inverno sarebbe scivolato senza brividi di freddo, poiché a Sheridan aveva trovato il tepore di una famiglia nuova.

Fu allora che le venne l'illuminazione: quale occasione migliore per avvicinare i due Popoli, per ricordare la tradizione secondo cui il primo pranzo del Ringraziamento fu consumato dai coloni insieme ai Pellerossa?

Waquini dopotutto avrebbe dovuto solo recarsi in paese il giorno prima della ricorrenza, ovvero l'ultimo giorno di scuola prima della breve vacanza, per parlare alla classe e portare la sua testimonianza diretta per aprire un sentiero di dialogo e curiosità. Risiedeva nelle nuove generazioni la speranza di una reale comprensione reciproca, pensò ottimisticamente Ann. Poi, certamente, Mohe avrebbe vissuto con gioia e orgoglio il fatto di avere lo zio come ospite d'onore a scuola, sentendosi in parte detentore della ricchezza che egli stesso portava con sé nel rappresentare il valore dell'integrazione.

Asha non si era mostrata contraria all'iniziativa, mentre James era apparso un po' più preoccupato, soprattutto per spirito di protezione verso Ann che avrebbe potuto attirare su di sé ulteriormente l'attenzione del paese.

Tuttavia, l'entusiasmo di lei e la sua incrollabile fiducia nella sensibilità e nel cuore dei ragazzi aveva finito per convincere tutti i suoi amici, perfino Waquini che iniziava già a sentire le mani sudate alla sola idea di dover entrare in paese e poi parlare di fronte a un gruppo di sconosciuti bianchi, sebbene fossero solo dei giovani scolari.

Ann riuscì a ottenere il permesso da parte del Commissario degli Affari Indiani per lasciar uscire il ragazzo dalla riserva e, con segreta trepidazione, l'evento fu organizzato senza anticipare nulla alla classe, neppure a Mohe.

Quando Waquini entrò a scuola accompagnato dalla maestra, una folla di sguardi sgomenti gli scompigliarono i lunghi capelli sciolti, mentre un silenzio attonito calò sull'edificio con la solennità che generalmente veniva riservata solo al Pastore durante la predica domenicale.

Mohe si alzò in piedi di scatto esclamando: – Nâxäne[11]! –

Ann sorrise tra sé per la sorpresa che aveva fatto al ragazzino, ma lo guardò con aria seria perché si ricordasse di essere a scuola e di dover mantenere contegno ed educazione. Lui si rimise a sedere immediatamente ma mascherava a stento l'eccitazione e si muoveva sulla panca di legno come se faticasse a imbrigliare le emozioni.

Anche Waquini combatteva con la stessa difficoltà, ma certamente in modo diverso rispetto al nipote. Nonostante il portamento altero e dignitoso, l'ospite Cheyenne sentiva un tumulto di sensazioni contrastanti mescolarsi nello stomaco: paura, orgoglio, curiosità e imbarazzo rotolavano gli uni sugli altri sfociando in un inconscio desiderio di imboccare la porta d'uscita e correre rapidamente via come solo un Pellerossa avrebbe saputo fare.

Ovviamente non lo fece. Al contrario restò immobile, con il timore che molti piccoli visi lo stessero guardando come un'attrazione da circo, ma con la certezza che Ann non avrebbe permesso che questo accadesse.

– Ragazzi – iniziò lei – come sapete domani è il Giorno del Ringraziamento e la maggior parte di voi lo trascorrerà con le proprie famiglie, pregando, mangiando l'ottimo tacchino delle vostre mamme e passando del tempo con parenti e amici vicini e lontani. Ebbene, esistono altri parenti e amici vicini a noi, eppure così lontani nei ricordi di chi ha dimenticato come abbia avuto inizio questa nostra preziosa tradizione.–

Ann si fermò per un secondo e vide gli occhi dei ragazzi concentrati e sinceramente incuriositi da quanto stava accadendo. Con crescente fiducia continuò: – Quando i Padri Pellegrini arrivarono sulle coste americane nel 1621 a bordo della Mayflower, l'inverno era ormai alle porte e si trovarono di fronte a un terreno inospitale e molto diverso da

---

[11] Zio (materno) - lingua cheyenne

quello europeo cui erano abituati: per questa ragione il raccolto che confidavano di ottenere dalle sementi portate dall'Inghilterra non produsse i frutti sperati e non fu sufficiente al sostentamento dei coloni. Quasi la metà di loro morì durante il rigido inverno e la tragedia si sarebbe ripetuta l'anno venturo se non fossero intervenute le popolazioni Pellerossa che indicarono ai nuovi arrivati quali prodotti coltivare e quali animali allevare, nella fattispecie il granturco e i tacchini. Per questa ragione oggi mangiamo il tacchino durante il giorno di festa. – I ragazzi si guardarono tra loro e mormorarono qualcosa: nessuno si era mai preoccupato, neppure nelle loro famiglie, di trovare un perché nelle tradizioni di sempre.

Ann concluse quindi il suo racconto con soddisfazione: – Dopo il duro lavoro degli inizi, i Pellegrini indissero un giorno di Ringraziamento a Dio per l'abbondanza ricevuta e per celebrare il successo del primo raccolto. I coloni invitarono alla festa anche alcuni rappresentanti delle Popolazioni Native cui dovevano il fatto che la loro comunità avesse potuto superare le iniziali difficoltà di adattamento nei nuovi territori, gettando le basi per un futuro prospero e ricco di ambiziosi traguardi. –

– Oggi abbiamo con noi un rappresentante del nobile Popolo Cheyenne, Waquini, per onorare il momento di unione dei nostri predecessori. –

A questo punto Ann fece un piccolo cenno al suo ospite che, con voce fin troppo decisa per camuffare il lieve tremore dovuto all'emozione, iniziò a raccontare come la popolazione Cheyenne avesse imparato in molte generazioni a coltivare e cacciare senza ferire la Madre Terra. Spiegò che proprio questo rispetto verso la Natura faceva sì che essa stessa fosse generosa nei confronti dell'uomo, consentendo un'armoniosa convivenza.

I ragazzi ascoltavano rapiti e, man mano che la voce di Waquini si addolciva nel perdere imbarazzo e acquisire fiducia, anche i visi degli studenti si rilassarono, restando ipnotizzati dall'immagine del giovane Sciamano come accadeva quando ascoltavano i racconti dei genitori davanti al fuoco nelle gelide serate invernali.

– Io, come voi, sono stato allievo prima di poter insegnare. Ho imparato da mio padre, un grande Uomo di Medicina, – il tono di Waquini risuonava sempre di fierezza quando parlava di Ehane e Ann non poteva non sentire una fitta di tenerezza – e a mia volta potrò insegnare a mio nipote Mohe. E' importante che anche voi, giovani uomini e donne, impariate dai vostri genitori e da chiunque riteniate saggio. –

La maestra non riuscì a trattenere un sorrisino quando vide Mohe crescere in un'espressione orgogliosa nel sentirsi privilegiato da ciò che inconsciamente aveva sempre ritenuto essere uno svantaggio agli occhi dei suoi compagni. Se lo meritava, pensò.

Perfino Joshua, inizialmente nascosto dietro una smorfia di presuntuoso rigetto, sciolse suo malgrado l'ostinato disprezzo e rimase in silenzio a osservare Waquini con occhi pieni di quella meraviglia che la sua età gli regalava nonostante il tentativo di soffocarla.

Quando il maestro Cheyenne terminò di parlare, Ann invitò la classe a rivolgergli qualche domanda, aspettandosi naturalmente un timido silenzio. Con fare comprensibilmente impacciato, invece, Christopher Moore alzò leggermente la mano, pentendosene immediatamente e abbassandola nella speranza di non essere stato visto. L'occhio pronto di Ann era però lesto a catturare qualsiasi cenno di partecipazione e l'allievo fu quindi calorosamente incoraggiato a intervenire.

– Stavo pensando, Signore – un piccolo risolino di qualche compagno sottolineò l'insolito epiteto – Tutte queste cose che ci ha raccontato sull'agricoltura e sulla caccia, sulle migrazioni dei popoli... come possono realizzarsi nella riserva? –

Ann rimase leggermente impietrita ma, con suo stupore, Waquini non indugiò nel rispondere tranquillo: – Mi aspettavo questa domanda, giovane uomo. Nulla di tutto questo potrà esistere fino a quando i nostri Popoli risiederanno nelle riserve. Il nostro Spirito però vive ancora nelle grandi praterie e un giorno torneremo alla Madre Terra. –

Christopher non comprese appieno la risposta, tuttavia annuì serio, mentre pochi banchi indietro Tobias fece un piccolo cenno con la mano.

Invitato a parlare, domandò candidamente: – Ora il Suo Popolo vive come le nostre famiglie quando erano schiave dell'uomo bianco? –

Questa volta Ann si sentì gelare, ma di nuovo il suo amico Cheyenne seppe rispondere a tono, con l'equilibrio di un giovane Uomo di Medicina: – Amico mio, ci sono molti tipi di schiavitù. La libertà risiede nella speranza e nella pace. –

Ann non seppe trattenersi dal sussurrare: – Tuo padre sarebbe fiero di te, Waquini – e, sebbene lui non si fosse mosso, fu certa che l'avesse sentita.

La maestra si sentì percorsa da un brivido di terrore quando fu Rebecca Watkins, la figlia del Sindaco, ad alzare la mano a sua volta: –

95

Signor Waquini, avrei una domanda. Noi durante il Giorno del Ringraziamento leggiamo la Bibbia e preghiamo il nostro Dio, così come fecero i Padri Pellegrini. Chi pregavano gli Indiani quando sedevano allo stesso tavolo? –

Per un attimo Ann pensò di interrompere la lezione con una scusa, ma guardando l'amico, si rese conto che non esisteva alcun modo per eludere la questione.

– Noi tutti preghiamo lo stesso Dio, giovane amica. Non vive forse il vostro Dio come il nostro nel Cielo e nella Terra? Non vi parla forse di Pace e di uno Spirito che non riusciamo a vedere? Possiamo dare molti nomi al sole, ma esso seguiterà ugualmente a scaldarci il viso. – spiegò Waquini con il primo sorriso dal suo ingresso nella scuola. Forse una smorfia di sollievo per essere riuscito a superare la spinosa conversazione, o forse un sincero appagamento per aver comunicato ciò che sperava.

Avendo quindi preso confidenza, egli si avvicinò leggermente ai ragazzi e sedette sopra un banco rimasto vuoto in prima fila. Ora gli piaceva guardare i ragazzini che lo osservavano ammirati dal basso in alto. Non aveva mai provato questa emozione con nessuno, tanto meno di fronte all'uomo bianco.

– In fondo, non è molto diverso il racconto che la nostra Gente tramanda a proposito della creazione della Terra rispetto a quello che si trova sulla vostra Bibbia. –

La classe si produsse in una serie di domande interessate e Ann sorrise, finalmente rilassata, sedendosi come suo solito sulla cattedra per godere lo spettacolo in cui aveva tanto sperato.

– E' così. – proseguì Waquini – Si dice che Haemmawihio, il nostro Spirito Creatore, diede vita all'uomo utilizzando la sua costola destra e alla donna utilizzando la sinistra. Dopo, distribuì tra i due un equo potere su questa Terra. –

– Un equo potere? – intervenne istintivamente Joshua senza neppure rendersene conto.

– Naturalmente – rispose lo Cheyenne stupito per la domanda – L'uomo non esisterebbe senza la sacralità delle donna e la donna non esisterebbe senza il riparo dell'uomo. Entrambi provengono da Haemmawihio. –

– Non è vero – protestò cocciutamente Joshua – La donna è stata creata dalla costola dell'uomo, non di Dio, perché sarà sua inferiore. –

Waquini rimase seriamente interdetto e guardò Ann con aria interrogativa.

Fu allora che si sentì la vocina di Sharon dal primo banco: – Miss Downhill, Dio ha le costole? –

Con una risata da parte dell'intera classe la questione venne rapidamente archiviata da Ann che ritenne fossero stati trattati anche troppi argomenti impegnativi per un giorno solo.

La maestra e Waquini trascorsero l'intero pranzo del Ringraziamento alla riserva il giorno successivo, a ripercorrere ogni viso e ogni intervento, compiacendosi per il successo ottenuto e congratulandosi l'un l'altra per il coraggio dell'iniziativa e per la saggezza con cui era stata messa in atto. Ann era sinceramente ammirata dal controllo maturo e saggio dimostrato da Waquini ed era anche profondamente orgogliosa dei suoi allievi che avevano espresso, specialmente verso la fine della lezione, un autentico interesse verso i racconti dell'ospite. Una ragazzina aveva perfino avvicinato rispettosamente Waquini per domandargli se le volesse insegnare come confezionare un braccialetto di perline uguale al suo e Ann fu sinceramente commossa dal gesto di lui che si sfilò il semplice monile per regalarlo alla bambina.

Mohe naturalmente non aveva parlato d'altro quella sera a casa e improvvisamente sembrava essere diventato il più popolare della classe, rispondendo alle mille domande dei compagni e raccontando storie e leggende che aveva appreso dallo zio.

Ann sapeva che lo scoglio più grande non era stato ancora superato: non aveva avuto ancora occasione di incontrare le famiglie degli studenti e sapeva che non sarebbe uscita senza ferite dallo scontro che ne sarebbe conseguito, ma ne sarebbe valsa la pena se quei ragazzi avessero conservato un pizzico della fresca meraviglia del giorno precedente.

Inoltre, Ann poteva mentalmente posticipare il problema per un po' perché fino a sabato non sarebbe stata in paese: il giorno successivo Cameron, Asha, Mohe e alcuni lavoranti del ranch sarebbero partiti per raggiungere le mandrie a nord e riportarle a casa prima dell'inverno. Quest'anno il mite autunno e la secchezza estrema dei pascoli avevano indotto i mandriani a posticipare il rientro del bestiame di circa un mese e questo consentiva ad Ann di sfruttare il fatto che la scuola chiudesse per qualche giorno in occasione del Ringraziamento per seguire i Burton in questa piccola avventura. Avrebbe dormito per una notte sotto le stelle, cavalcato per l'intera giornata e rincorso qualche vitello. Nessuno dei suoi parenti a Denver l'avrebbe mai creduta capace di niente di simile, pensò con un fremito di libertà.

Il pranzo durò fino a metà pomeriggio, quando Ann, impigrita dal cibo e rilassata dalla compagnia, si alzò per ringraziare Asha che aveva cucinato la maggior parte delle pietanze poiché Ann, malgrado i tentativi, non era ancora in grado di contribuire in modo cospicuo, se non con qualche muffin ai mirtilli e dolcetti di varia natura.

– Vai già via? – le chiese l'amica sinceramente dispiaciuta.

– Sì, perdonami Asha ma ora devo proprio andare, ho un impegno. –

– Un impegno? Il Giorno del Ringraziamento? –

Ann rispose solo con un sorriso e diede appuntamento all'intera famiglia Burton per l'indomani mattina all'alba.

Poi si rivolse a Waquini e disse: – Grazie, amico mio. Grazie di tutto. So di non essere nessuno per la tua Gente, ma, per quel che può valere la mia opinione, tu hai parlato come un grande Uomo di Medicina ieri. Ti ho visto camminare verso il Nord, dove la Ruota regala il Potere della Saggezza. –

– Non è vero che non sei nessuno per la nostra Gente, Emonah. La tua opinione conta molto perché i tuoi occhi sono rivolti verso Est, dove la Ruota regala la Lungimiranza. Inoltre, la tua parola è importante per me perché sei mia amica. –

Ann fu sicura, per un attimo, di aver colto un piccolo movimento nel viso di Ehane, ma poi si convinse che fossero le piccole lacrime di commozione nei propri occhi ad averle dato questa illusione.

Sellò Charlie, e insieme a Horn, a sua volta rallentato dallo stomaco colmo degli avanzi del tacchino, galoppò verso casa. Aveva veramente un impegno.

Solo un'ora dopo, sotto la quercia che portava il suo nome, Ann sfilò dalla sacca due muffin ai mirtilli e ne porse uno a James con tenerezza.

– Buon Giorno del Ringraziamento, Mr Ree – disse con un sorriso.

21.

L'alba aveva schiuso una luce tenue e fresca sulla prateria, mentre qualche goccia di pioggia scendeva pesante e rada attraverso i chiari raggi di sole che colavano tra le nubi come piccole pozze di sciroppo d'acero.

Ann galoppava verso il ranch dei Burton, leggera come se il pranzo del Ringraziamento non fosse mai esistito, indossando la gonna-pantalone che aveva trascorso l'estate nell'armadio e un cappello di cuoio leggero a tesa larga per riparare il viso dal sole che forse si sarebbe affacciato e dalla pioggia che già picchiettava ritmata come il rosicchiare di uno scoiattolo. Il copricapo da lavoro, acquistato con il suo arrivo a Sheridan ma usato solo un paio di volte in tutto, non consentiva ad Ann di raccogliere i capelli nell'usuale crocchia dietro alla nuca, quindi la ragazza aveva optato per una treccia morbida, lasciata cadere sulle spalle proprio come quella di Asha.

A ogni tempo di galoppo, Ann sentiva rimbalzarle leggermente sulla schiena il piccolo bagaglio che aveva arrotolato appena dietro il seggio della sella: una coperta per la notte, una mantella per il maltempo, una giacca leggera, una borraccia e un piccolo fagotto contenente un po' di pane e di carne secca sarebbero stati l'unico lusso che Ann si sarebbe potuta consentire durante i due giorni di viaggio.

Al ranch i preparativi per la partenza erano quasi giunti al termine: Asha stava raccogliendo nel suo fagotto qualche semplice utensile per cucinare in un falò da campo, mentre disfava il bagaglio del marito per ricomporlo poco dopo facendo spazio a qualche cartoccio dentro al quale sembravano essere contenuti i viveri necessari.

– Buongiorno Ann! – salutò Cameron portando come sempre la mano alla tesa del cappello.

Cinque uomini, robusti mandriani dalle mani rovinate e i vestiti usurati, si girarono a guardare la ragazza con aria perplessa mentre terminavano di preparare i loro cavalli, di controllare la ferratura e di sistemare il sottopancia della sella con particolare attenzione perché non causasse fiaccature ai cavalli o fastidi al cavaliere durante il lungo viaggio.

Cameron si rivolse a loro, con voce serena, ma al tempo stesso con il tono fermo e deciso di un capo che spiega senza ammettere repliche: – Miss Downhill verrà con noi in questo viaggio. Sarà nostra ospite e mi aspetto che venga trattata come tale. –

Ann sentì il silenzio degli uomini recitare l'alfabeto del dubbio, della perplessità e perfino del disappunto, ma tutti annuirono e fecero un rispettoso cenno di saluto rivolto alla ragazza. Lei scese di sella rapida e raggiunse Asha con l'intenzione di aiutarla a preparare le ultime cose, ma nel frattempo incontrò Mohe totalmente eccitato dalla giornata che li aspettava: – Miss Downhill! – gridò allegramente mentre si avvicinava dalla scuderia allungando una mano verso Charlie come se la cavalla lo calamitasse suo malgrado.

– Buongiorno Mohe! – rispose la maestra sorridendo.

Il ragazzino la fissò per qualche istante e poi, con un candore serio e concentrato, commentò: – Signorina, le sta veramente bene quel cappello. –

Ann rise e ringraziò imbarazzata mentre si domandava se il suo abbigliamento così distante dal solito non la facesse apparire fuori posto, come fosse vestita per una festa in maschera. Tuttavia, era innegabile che anche il suo abituale stile da maestra cittadina avrebbe stonato in quel contesto, perciò si assestò la tesa del cappello sulla fronte e camminò sicura verso Asha.

L'amica la salutò con la naturalezza che non si riserva a un ospite ma a un membro della famiglia. Indossava un paio di pantaloni dello stesso materiale del completo che Ann le aveva visto portare alla riserva, solo che nel taglio erano del tutto simili a quelli indossati dagli uomini per lavorare, fatta eccezione per una piccola frangia che pendeva appena sotto il ginocchio, all'esterno della gamba. Una camicia di cotone spesso era infilata in una cintura di cuoio che chiudeva i pantaloni in vita lasciando Ann stupita dalle forme che venivano disegnate con grazia e senza eccessi da quell'abbigliamento che improvvisamente appariva naturale e familiare mentre Asha si chinava per grattare un orecchio di Horn, allegramente impaziente di accompagnare tanta fervente eccitazione attraverso le pianure.

In pochi minuti tutti furono in sella, galoppando e trottando verso la Big Horn Mountain, per raggiungere i pascoli in quota prima del tramonto del sole, in modo da poter dare un rapido controllo alla mandria e iniziare a radunarla in vista della partenza verso Sheridan che sarebbe avvenuta la mattina successiva.

L'aria fresca che scendeva dal versante della montagna sferzava il viso di Ann che si manteneva in coda al gruppo per non sentire su di sé gli sguardi degli uomini del ranch. Asha tese le redini del suo pezzato per rallentarne l'andatura e trovarsi vicino all'amica, cavalcando al suo fianco senza dire nulla, solo con il desiderio di andare nella stessa direzione, di respirare allo stesso ritmo: il ritmo del galoppo che scandiva il battito del cuore annodato al limite dell'orizzonte da fili di fiato bianco come fumo disegnato nell'aria. Ann sentiva la tensione sciogliersi e il suo senso d'inadeguatezza perdersi nella nebbia del mattino, rilassando le gambe e la schiena e fondendosi al movimento di Charlie come se, rilasciando i muscoli, scendesse a poco a poco in sella diventando parte del calore della cavalla. Qualche goccia di pioggia le colpiva le guance e le inumidiva le labbra mentre l'odore dell'erba bagnata si fondeva al profumo del muschio che dormiva nel sottobosco ai piedi della montagna.

Quando Cameron alzava il braccio per chiedere ai compagni di viaggio di procedere cautamente al passo poiché il terreno bagnato sassoso o scosceso risultava scivoloso per i ferri dei cavalli, il profumo della natura veniva quasi coperto da quello dolce del cuoio umido dei finimenti e dall'odore tiepido dei manti dei cavalli che mescolavano pioggia e sudore.

Dopo solo quattro ore di tragitto, Cameron ordinò ai suoi uomini di fermarsi per la terza pausa e i lavoranti sembrarono protestare per i rallentamenti che avrebbero protratto fino a tarda sera il controllo del bestiame. Ann non disse nulla ma scese di sella con le gambe un po' irrigidite dalla fatica domandandosi se fosse stata una buona idea unirsi al gruppo. Certamente non voleva essere una zavorra per i Burton oppure un motivo di tensione con i mandriani.

Cameron le si avvicinò in modo casuale e, dopo aver accarezzato il collo del suo cavallo con qualche leggera pacchetta affettuosa, si rivolse ad Ann: – Sai com'è, il mio Chuck non è più così giovane... Ha bisogno di riposare spesso ma io preferisco avere sempre lui con me: non avrà la resistenza di un puledro, ma mi fido di lui come dei miei occhi. –

Ann sorrise e annuì alle parole gentili di Cameron che, senza complimenti, avevano depistato il suo disagio lasciandole il dubbio di non doversi realmente sentire in colpa.

Dopo circa otto ore di viaggio e diversi intervalli tra cui quello più lungo dedicato a un semplice pasto a base di carne secca, Ann notò il paesaggio cambiare sotto i suoi occhi. La vegetazione si diradò improvvisamente e la boscaglia che ricopriva il versante della Big Horn

Mountain s'interruppe bruscamente per lasciar spazio a un vasto lago di erba fitta e rigogliosa, lucida come uno specchio grazie al velo di pioggia che la copriva.

Non molto distante, al limitare di una nuova macchia scura di alberi e di bosco, ondeggiavano piccole macchie bianche e marroni, sparpagliate senza regola in gruppi numerosi oppure in piccoli capannelli sparuti. Erano più di quante Ann fosse in grado di contare, distribuite su una superficie così ampia da far sembrare impossibile l'impresa di radunarle per un neofita del mestiere.

Cameron e i suoi uomini allungarono il galoppo attraverso l'immenso tappeto verde, seguiti da Mohe, mentre Asha rimase indietro con Ann per spiegarle che era necessario raccogliere il bestiame in un pascolo più piccolo in modo da poter eseguire una rapida ispezione prima di ripartire verso casa. Gli occhi esperti di Cameron e dei suoi uomini erano in grado di individuare a prima vista eventuali capi che potessero avere difficoltà ad affrontare il viaggio di ritorno, e avrebbero saputo accertarsi che tutte le bestie fossero in buona salute poiché, se anche solo una di loro avesse contratto durante l'estate una malattia infettiva, come ad esempio il diffusissimo carbonchio, non sarebbe stato solo pericoloso spostarla attraverso altri pascoli, ma addirittura punibile per legge poiché dannoso per il bestiame altrui che sarebbe potuto rimanere contagiato.

Due degli uomini del ranch si staccarono dal gruppo che galoppava compatto e si diressero verso un piccolo tratto di pascolo che si chiudeva a imbuto tra due aree boscose. Asha fece cenno ad Ann di seguirla e si affrettò dietro di loro, mentre i tre uomini restanti, insieme a Cameron e Mohe, si spinsero ai margini della mandria per iniziare a spingerla.

Ann trottò di fianco ad Asha lungo la stretta lingua di pascolo tra le pareti di alta vegetazione e vide comparire, neppure un miglio più avanti, una nuova radura, decisamente ampia ma più piccola della precedente e circondata da un recinto di legno il cui ingresso, costituito da un pesante cancello a due ante, era completamente spalancato e veniva assicurato ai due lati con solide corde dai lavoranti del ranch. Dopo aver terminato di bloccare l'ingresso in modo che non potesse chiudersi al passaggio del bestiame, i due uomini tornarono rapidamente verso la mandria, lasciando le ragazze all'imbocco dell'enorme recinto, abbracciato dal limitare del bosco.

– Vai dall'altro lato del cancello, mentre io resterò da questa parte – spiegò Asha ad Ann – rimani vicino allo steccato e, quando i ragazzi spingeranno la mandria verso il recinto, dovrai solo restare ferma al tuo posto e la tua presenza aiuterà il bestiame a imboccare correttamente l'ingresso. –

Ann guardò Asha con un guizzo di eccitazione mescolata a una scintilla di terrore.

– Sarà facile, vedrai – continuò l'amica – Faranno tutto loro... noi serviamo un po' come spaventapasseri! –

Ann rise alla battuta con il suono stridulo di una reazione nervosa e prese posto in sella a Charlie di fianco all'ingresso del recinto, esattamente di fronte ad Asha.

Dopo pochi istanti un suono cupo e ovattato iniziò a farsi sentire come se provenisse dalla profondità del terreno. Qualche muggito copriva le voci degli uomini che spingevano il bestiame verso la strettoia e, improvvisamente, Ann vide una folla di zampe e corna stringersi nel sentiero che conduceva al recinto e quindi, inevitabilmente, anche a lei.

Charlie iniziò ad agitarsi. Cameron e Asha sapevano che la cavalla era cresciuta a contatto con il bestiame perché era destinata a quel tipo di addestramento, pertanto non pensarono che ci fosse motivo di chiedere ad Ann di vivere quest'esperienza con un altro compagno di viaggio. Tuttavia, quando la giovane saura iniziò a trotterellare nervosamente sul posto sentendosi intrappolata tra lo steccato e la mandria che avanzava, Ann cominciò a contrarsi in sella temendo una reazione improvvisa della cavalla in una posizione tanto pericolosa.

– Rilassati in sella e respira, così farai sapere a Charlie che non c'è nulla da temere! – gridò Asha da una distanza che ad Ann improvvisamente parve enorme.

– Vorrei farlo sapere anche a me stessa – rispose lei ironicamente con un tono di voce volontariamente troppo basso perché potesse essere sentito.

Horn restava acquattato a pochi metri da Charlie, con la coda bassa e gli occhi attenti a scrutare il fiume rumoreggiante che si avvicinava piano.

Dopo pochi attimi i primi capi stavano entrando nel recinto, mansueti e ordinati, ma pigiati gli uni sugli altri in un mazzo di code e teste dondolanti.

Cameron spingeva la mandria dal fondo insieme a Mohe e uno dei lavoranti, mentre gli altri quattro uomini, due per lato, accompagnavano il bestiame lungo il percorso senza consentire che alcuni ribelli lasciassero la massa, oppure che la mandria si allargasse creando qualche ingorgo.

Ann sentiva l'odore del bestiame muoversi davanti a sé, deciso ma non penetrante quanto quello di una stalla. Percepiva il calore del fiato e della massa compatta, così serrata da far sembrare che non esistessero singoli individui, ma un unico gigantesco animale che avanzava riluttante ma mite.

Qualche capo tendeva ad allargarsi nel momento in cui doveva entrare nel recinto anziché convogliare nell'ingresso, allora Ann si trovò d'istinto a spostare Charlie di qualche passo, andando incontro all'animale dalla direzione opposta a quella in cui desiderava spingerlo. L'operazione sembrava avvenire con una naturalezza che la ragazza non si sarebbe aspettata e si rese conto che gran parte del merito era da attribuire alla cavalla che si muoveva con disinvoltura puntando i posteriori e spostando gli anteriori lateralmente per seguire la manovra del bovino, come se il richiamo della sua stessa linea di sangue avesse scolpito nella sua memoria ancestrale il segreto del lavoro con la mandria. Ann la lasciava fare, indirizzandola appena e puntando i piedi nelle staffe per contrastare gli spostamenti repentini e istintivi.

In poco meno di mezzora l'intera mandria si era riversata nel recinto e Ann aveva goduto gli ultimi minuti come se finalmente avesse assorbito il ritmo della danza: sapeva che quasi nessuno dei suoi interventi era effettivamente necessario per la buona riuscita dello spostamento, tuttavia non poteva fare a meno di muoversi insieme a Charlie tra le nuvole di polvere in cui sembrava tuffarsi come in un catartico desiderio di sporcarsi gli abiti, il viso, i capelli per uscirne pulita da ogni ipocrisia.

Non appena gli ultimi capi furono nel recinto, due uomini afferrarono da cavallo ciascuna anta del grande cancello in legno e chiusero l'ingresso trascinandola con sé.

Quando Cameron, Mohe e i mandriani si trovarono nel recinto con il bestiame per procedere all'ispezione, Asha fece cenno ad Ann di seguirla: – Mentre i ragazzi controllano i capi, noi iniziamo ad accamparci per la notte, cosa ne dici? Ne avranno per un bel po'… –

Ann annuì ma lasciò con riluttanza lo steccato: sentiva la polvere sotto i denti, gli occhi pizzicavano e le gambe erano rigide e indolenzite per la fatica della giornata e per la tensione, tuttavia qualcosa la legava a quell'ammasso di muggiti, qualcosa la elettrizzava e la faceva sentire forte, così forte da essersi fatta rispettare perfino dalla mole ostinata di un gruppo di bovini.

Asha la guardò con un sorriso compiaciuto: – Chissà che ne è stato della fragile ragazzina di città! – Poi scese di sella e Ann la seguì. Appena toccò terra sentì le sue stesse gambe come se fossero state molto più corte del normale: la stanchezza, le molte ore in sella e la rigidità muscolare le davano la percezione di essere incredibilmente bassa, eppure dentro di sé non poteva che sentirsi grande, sicura, adulta.

– Spostare il bestiame non dovrebbe essere nulla di eccezionale per te, visto il modo con cui gestisci quella mandria di ragazzini ogni giorno! – rise ancora Asha e porse ad Ann tre lunghe corde tenendone altrettante appoggiate a una spalla. Seguendo le istruzioni e l'esempio dell'amica, l'ormai naturalizzata maestra di Denver iniziò a legare intorno ai tronchi degli alberi i capi delle corde, in modo da formare un largo cerchio simile a quello in cui Ann lasciava libera Charlie quando trascorreva del tempo alla riserva.

– Qualcuno tiene i cavalli legati per tutta la notte, alleggerendoli solo della sella. Io credo che sia una crudeltà… meritano anche loro qualche ora di libertà e riposo non credi? – chiese Asha mentre assicurava l'ultima corda a un ramo di abete.

– Certo, hai assolutamente ragione – rispose Ann mentre guardava nel controluce del tramonto la sagoma scura dell'amica, alta e longilinea, i lunghi capelli intrecciati che cadevano sulla schiena, le gambe affusolate disegnate così bene dai pantaloni morbidi. Mentre accarezzava il suo cavallo sembrava non ci fosse soluzione di continuità tra le due immagini: la silhouette di Asha scivolava in quella del suo Paint formando un'unica entità, fondendosi in un profilo ininterrotto come quello dell'orizzonte.

Dopo aver abbeverato i cavalli al torrente vicino e averli liberati dai finimenti, le ragazze li lasciarono nel recinto di corda che avevano ricavato. Gli uomini dovevano ancora tornare dall'ispezione del bestiame, quindi Asha mostrò ad Ann il luogo dove avrebbero trascorso la notte.

Poco distante dai cavalli, un'asperità di roccia sporgeva dalla montagna creando una sorta di naturale veranda frondosa, mentre gli alberi circostanti si chiudevano in un fitto ombrello.

– Ora è un po' buio qui, ma durante la notte ci proteggerà dall'umidità ed eventualmente anche dalla pioggia – spiegò Asha mentre srotolava il piccolo bagaglio che era legato alla sua sella.

– E' incredibile come la natura ci regali tutto quello di cui abbiamo bisogno – rispose Ann sinceramente ammirata.

– Purtroppo non è sempre così... spesso la natura ci tradisce, ci porta via quello che abbiamo, ignora il nostro lavoro. –

– Forse ci tradisce se siamo noi a tradirla per primi... – mormorò Ann.

Asha alzò lo sguardo, inginocchiata a terra di fianco al suo fagotto: – Credo che tu abbia passato troppo tempo con mio fratello! – rise bonariamente – Ora aiutami a fare un bel fuoco, altrimenti la natura ti procurerà un buon raffreddore stanotte! –

Quando gli uomini tornarono dall'ispezione del bestiame, avevano un'espressione stanca ma serena. I capi sembravano essere in buona salute e Cameron pareva veramente soddisfatto della condizione della mandria.

Asha aveva messo a bollire sul fuoco una pentola d'acqua e vi aveva gettato alcune verdure, pezzetti di carne essiccata e qualche spezia che aveva portato in un sacchetto di pelle. Un piacevole profumo di zuppa si mescolava all'odore del bestiame, del sudore, del sottobosco umido e dell'aria che soffiava dal nord sventolando le fiamme del falò.

Subito dopo cena, mentre gli uomini parlavano del prezzo di mercato per i bovini da carne, Ann si allontanò nel silenzio per controllare come stesse Charlie dopo la giornata zeppa di emozioni. Fu allora che vide Mohe dentro il recinto di corda, mentre sussurrava parole inafferrabili e passava la mano sul manto della cavalla. Uno spicchio di luna si affacciava tra le nubi che sembravano volersi diradare e i capelli lucidi del ragazzino apparivano cosparsi di una polvere di argento, così come gli occhi scuri e attenti di Charlie.

Ann si fermò per non disturbare il delicato approccio di Mohe, ma l'istinto indiano di lui intercettò immediatamente la presenza della maestra alle sue spalle.

– Mi scusi Miss Downhill, non volevo essere maleducato. –

– Non lo sei Mohe, sono sicura che a Charlie piacciano le tue attenzioni. –

– E' una cavalla bellissima. Un giorno anch'io avrò una Quarter Horse come Charlotte e troverò un buono stallone per avere dei puledri intelligenti, sani e con lo stesso istinto per il lavoro con il bestiame. Sarò come mio padre un grande allevatore e come mio zio un uomo di cavalli

– disse Mohe come se stesse parlando a se stesso, nella magia di un sogno e nella serietà di un progetto di vita.

Nonostante la stanchezza, o forse proprio a causa di essa, Ann faticò ad addormentarsi quella notte, mentre sentiva già i suoi compagni di viaggio russare sonoramente al suo fianco.

Si era sdraiata sul sottosella di Charlie per isolarsi dal terreno umido e si era letteralmente avvolta nella spessa coperta che aveva portato per difendersi dal brivido della notte. Mentre Asha e Mohe dormivano con la testa appoggiata a terra, gli uomini preferivano riposare il collo sul seggio della propria sella. Ann aveva sperimentato entrambe le soluzioni, ma alla fine aveva deciso di arrotolare la mantella per la pioggia e spingerla dietro la nuca, sgranando gli occhi di fronte ai disegni delle nuvole che bollivano sotto il fuoco freddo della luna.

Quando le nubi si strappavano, comparivano anche disegni di stelle, simili a quelli sulla carta geografica che Ann aveva procurato ai suoi ragazzi pochi mesi prima per mostrare loro quanto relativo fosse l'egoismo del singolo rispetto alle infinite prospettive del mondo. Una terra rotonda come la Ruota di Medicina Cheyenne, senza un inizio e senza una fine, senza una direzione che non conduca necessariamente al punto di partenza, senza un viaggio che non porti al lato opposto del Cerchio.

Inevitabilmente Ann ripensò alle parole che James aveva detto il giorno prima. Aveva spiegato di aver ricevuto una proposta di lavoro a Sacramento in un albergo di nuova apertura. La ragazza si era sentita rassicurata dal fatto che non sembrava fosse intenzionato ad accettare, tuttavia non aveva potuto fare a meno di riflettere sulle parole che lui aveva pronunciato guardandola negli occhi. – Ann, la mia musica è un po' come il tuo pensiero. Alcune persone non vorranno ascoltare, alcuni suoni possono essere sterili così come alcune menti, ma nel vento delle praterie viaggeranno i semi e non sempre saremo lì a vederli germogliare. –

107

22.

Ann si era addormentata da poche ore quando iniziò a sentire i suoi compagni di viaggio che si svegliavano e si alzavano mugugnando assonnati saluti e qualche commento sul fatto che fortunatamente le nuvole non avessero portato pioggia durante la notte.

La ragazza iniziò a muoversi dentro il suo bozzolo di coperta e si rese conto che non esisteva neppure una piccola porzione del suo corpo che non fosse dolorante e rigida come il sasso. La schiena rifiutava di muoversi senza inviare lampi di dolore al collo che a sua volta consentiva alla testa di girarsi solo nella direzione in cui era stato protetto dall'umidità dall'insolito cuscino.

Asha si chinò vicino ad Ann porgendole una tazza di caffè scaldato nella stessa pentola che aveva ospitato la zuppa della sera prima e che non ne aveva ancora del tutto perso l'odore malgrado fosse stata risciacquata al ruscello.

La foschia mattutina sembrava sciolta in aghi di nebbia che pungevano il naso e la gola, mentre il sole sembrava tanto lontano da essere freddo come il riflesso della luna in un lago.

Ann bevve con riconoscenza la calda brodaglia scura che le era stata offerta dall'amica e sorrise senza menzionare la sua preoccupazione nell'affrontare la giornata quando sentiva di non riuscire neppure ad alzarsi in piedi senza apparire un burattino di legno cui si fossero ingarbugliati i fili. Asha capì perfettamente anche senza spiegazioni e rassicurò Ann: – Vedrai che dopo esserti sciolta in sella ti dimenticherai la rigidità della notte –

– Lo spero davvero – rispose lei mentre guardava con sollievo avvicinarsi Cameron che teneva in una mano le redini di Chuck e nell'altra quelle di Charlie e del pezzato di Asha. Aveva sellato e preparato i cavalli delle ragazze e ora si apprestava ad accompagnare i suoi uomini al recinto per iniziare a spingere la mandria sulla lunga via di casa.

– Grazie mille Cameron, non puoi immaginare quanto sia felice di vedere Charlie già pronta per partire – si lasciò sfuggire Ann, tradendo il sollievo che provava nell'apprendere di non dover alzare con le spalle doloranti la pesante sella sulla groppa della cavalla.

Cameron rise senza ombra di canzonatura e rispose con aria complice: – Credimi Ann, ogni mandriano che si rispetti ha provato la stessa sensazione durante i primi viaggi... ma sai com'è... noi uomini siamo troppo testardi per ammetterlo! – poi strizzò scherzosamente l'occhio ad Ann mentre Asha gli abbassava giocosamente la tesa del cappello.

L'amore e il rispetto tra marito e moglie scorrevano attraverso un'amicizia scanzonata e una confidenza consapevole che a Denver, tra rigidi corsetti e impettiti doppiopetti, sembravano lontani quanto la frontiera.

Ormai la mandria era già in movimento quando Ann si issò in sella con non poca fatica, sentendo i muscoli doloranti stendersi nello sforzo di infilare il piede nella staffa che non era mai apparsa così alta, e un crampo attraversarle il bacino quando dovette divaricare le gambe per inforcarsi sull'arcione. Una volta compiuta quest'operazione il resto della giornata sarebbe stato in discesa, pensò ottimisticamente Ann.

Il fiato del bestiame si confondeva con la nebbia, circondandone la massa con un alone irreale di fumo attraverso il quale filtravano i raggi bianchi del sole. Nuvole di polvere venivano sollevate dalla mandria e dai gesti ampi degli uomini che agitavano con la mano destra un lungo lazo arrotolato in un cerchio, accompagnando il mulinare del braccio a una voce decisa per chiudere i capi in un immaginario steccato umano in movimento, i cui unici pilastri erano rappresentati da Cameron, suo figlio e i suoi cinque collaboratori.

– E' ora di renderci utili! – sorrise Asha rivolgendo ad Ann un cenno d'intesa cui l'amica non sapeva esattamente cosa dovesse corrispondere.

Charlie sembrava attratta dal bestiame anche se pareva non essere del tutto capace di comprendere come convogliare l'istinto che la induceva a trottare sbuffando con gli occhi attenti e le orecchie puntate verso il lento fiume di corna.

Asha si era posizionata su un lato della mandria e si spostava lungo il fianco del gruppo per aiutare a contenerlo, mentre Ann, che era rimasta per un po' di tempo al fianco dell'amica per comprendere come muoversi, decise infine di poter dare una mano in modo indipendente e rimase volutamente indietro distaccando il pezzato di Asha per provare ad applicare da sola la medesima tecnica. La divertiva immensamente assecondare Charlie nei suoi movimenti e, dopo quasi due ore di apprendistato, si azzardò perfino a condurre lei stessa la cavalla nella direzione che riteneva più utile, sostituendosi all'istinto della sua Quarter nella scelta delle semplici manovre da eseguire. Si ritrovò addirittura a imitare inconsciamente i suoni energici delle voci dei mandriani e inizialmente ammutolì imbarazzata, sentendosi ridicola e sgraziata, sperando di non essere stata sentita. Tuttavia quello strano linguaggio primordiale sembrava funzionare con i bovini, quindi a poco a poco Ann iniziò a familiarizzare con il nuovo sistema di comunicazione e trovò presto perfino liberatoria l'idea di trasmettere istruzioni a pieni polmoni senza dover per forza usare una lingua educata.

Anche gli uomini di Cameron si resero conto, nonostante il trambusto, della confidenza che Ann aveva preso con il ritmo del lavoro e decisero di lasciarle una certa autonomia, spostandosi quindi in punti diversi della mandria per distribuire meglio gli interventi.

Dopo un'intera mattinata con i sensi puntati sul bestiame, il gruppo si permise una lunga pausa per il pranzo, per poi riprendere a cavalcare poco dopo mezzogiorno, con l'intenzione di arrivare al ranch prima che tramontasse il sole.

La mandria era lenta e, sebbene fossero state concesse molte meno pause rispetto alla giornata precedente con estremo disappunto da parte delle articolazioni di Ann, il viaggio fluiva piano come l'acqua nell'ansa di un placido fiume di pianura.

Verso le due del pomeriggio Cameron iniziò tuttavia a scambiarsi occhiate preoccupate con i suoi uomini e con Asha che guardò l'amica indicando il cielo all'orizzonte che sembrava profilare un'immensa collina violacea di nubi in cui si rifletteva un riverbero di luce buia. La marea plumbea pareva avanzare come se sbucasse dall'orizzonte dopo aver cavalcato attraverso l'altra metà della terra, dove la notte sporcava l'aria di pece.

I cavalli iniziavano a scuotere nervosamente le proprie criniere e Horn sembrava volersi appiattire lungo il versante della montagna, mentre il rotolare di qualche tuono veniva trasportato dal vento.

Ann cominciò a sentire la fronte e le gambe intorpidirsi di preoccupazione e di disagio, mentre coglieva il tentativo degli uomini di affrettare la mandria con gesti nervosi e frenetici.

Dopo una manciata di minuti le prime gocce iniziarono a cadere, aprendo la strada a un muro d'acqua piegato dal vento da cui nessuna mantella avrebbe potuto proteggere un viaggiatore.

Il giorno si tramutò in una notte ibrida che spaventava i boschi e i lampi spezzavano il cielo come crepe di fuoco accompagnate dal grido delle nubi.

Il bestiame muggiva innervosito e scomposto mentre Cameron gridò:
– Non abbiamo ripari qui, dobbiamo procedere! –

Ann riusciva a malapena a riconoscere i suoi compagni, resi invisibili dalla pioggia fitta e indistinguibili dalle mantelle scure, e si affidava a Charlie per orientarsi sul terreno scivoloso e intriso dal fango che copriva meschinamente pietre e radici.

Improvvisamente un tuono schiantò il silenzio e un gruppo di capi si staccò dalla mandria per galoppare terrorizzato in una direzione casuale. Uno degli aiutanti di Cameron riuscì immediatamente a ricompattare il bestiame ma un vitello troppo veloce si era staccato dai suoi simili e correva ciecamente in direzione opposta, dove il sentiero terminava in un ripido muro di roccia e muschio, e dove la pioggia colava tra le radici come un torrente diviso in rivoli scivolosi.

Ann guardò il vitello passarle davanti agli occhi e sentì la spinta di Charlie che contrasse i fianchi nell'istinto di seguirlo, ma trattenne le redini e non le concesse di muoversi. Alzò gli occhi e vide Asha e Cameron che guardavano nella sua direzione: – Lascialo andare! – gridò lui.

Un guizzo di sfida percorse la mente di Ann che guardava una vita avvicinarsi al burrone e che ascoltava il proprio cuore rimbalzare nel desiderio folle di spezzare il buonsenso.

– Non puoi fare niente Ann, lascia stare! – aggiunse Asha con la voce incrinata dalla preoccupazione.

Ma ormai Ann aveva deciso e Charlie lo sapeva: in poche falcate di galoppo la cavalla affiancò il vitello e la ragazza chiuse le redini sul collo fradicio della compagna per obbligarla a una curva stretta che la spinse quasi a contatto con la spalla dell'animale. Gridando e agitando il braccio libero per spezzare il terrore ipnotico del bovino, Ann riuscì ad agganciarne l'attenzione e, inducendo Charlie a completare la girata, lo inviò finalmente nella direzione del resto della mandria. Gli uomini erano immobili, sotto la pioggia battente che scolava dalla tesa dei cappelli, e la guardavano come la guardava Cameron.

Asha invece la raggiunse piano e la fissò negli occhi con uno sguardo contemporaneamente di rabbia e di terrore che fece abbassare la fronte ad Ann con la sensazione di aver nuovamente camminato fuori dal sentiero, esattamente come quando aveva precorso i tempi chiedendo a Waquini di scrivere il loro libro prima che lui fosse pronto. Ora era lei stessa a non essere pronta e questa sventatezza avrebbe potuto costarle la vita. L'espressione contrita sul viso di Ann fece sciogliere quella di

111

Asha che con un sorriso misto tra affetto e severità soggiunse: – Bene Emonah... sembra che tu abbia voluto superare il tuo Rito di Iniziazione per dimostrare a te stessa e alla tua famiglia di possedere il coraggio di uscire dalle tue certezze. Non ne avevi bisogno, Sorella mia, perché già conosciamo la forza del tuo spirito che risiede nella grazia di un domani da difendere, non nella spavalderia di dondolare la vita sul fuoco. –

Asha non era mai sembrata così Cheyenne agli occhi di Ann, mentre le parlava con la stessa solennità del fratello con i capelli lucidi bagnati dalla pioggia e il portamento di una betulla. Per la prima volta l'amica l'aveva chiamata con il suo nome indiano ed era stato per un rimprovero. Forse. O forse in fondo c'era un velo di orgoglio negli occhi di Asha che aveva guardato Ann affrontare se stessa e, dopo aver sfidato l'Orso nero dell'introspezione che la Ruota di Medicina posizionava a Ovest, dove il sole tramonta, la vedeva preparasi a spiccare il volo verso Est come l'Aquila della lungimiranza che avrebbe conosciuto l'equilibrio solo dopo aver vissuto il contrasto. In fondo Ann aveva imparato da Waquini che ogni estremo conduce al suo opposto nel Cerchio dell'esistenza.

Bastò un sorriso da parte di Asha perché l'amica si sentisse di nuovo se stessa e le due compagne raggiunsero il resto del gruppo intorno alla mandria per percorrere l'ultimo tratto di viaggio mentre il cielo schiariva a poco a poco e da Est qualche raggio di luce dorato trafiggeva le nubi scure.

Dopo la piccola impresa, Ann scorse un nuovo rispetto nello sguardo e nei modi degli uomini del ranch e anche in quelli di Mohe, che probabilmente stava già elaborando un colorito racconto da portare ai compagni di scuola.

Cameron ringraziò Ann per aver rischiato tanto per un suo capo e insistette perché il vitello diventasse suo, ma la ragazza declinò la proposta più volte, non sapendo veramente cosa avrebbe potuto farsene di un animale da carne. Allora Cameron chiuse la conversazione affermando che si sarebbe preoccupato personalmente di vendere quel capo come proprietà di Miss Downhill e Ann rise accettando la promessa con una scherzosa stretta di mano "tra mandriani".

Quella notte sarebbe rimasta a dormire dai Burton per approfittare di un buon bagno caldo e di un piatto di zuppa di carne preparato dalla moglie di uno dei lavoranti che li aveva aspettati al ranch per rifocillarli con un pasto semplice ma nutriente.

Proprio durante la cena uno dei mandriani si avvicinò ad Ann con un boccale zeppo di una sostanza giallognola coperta da una spessa schiuma bianca. La ragazza non aveva mai visto nulla di simile prima di allora ma accettò la bevanda con educazione.

– Propongo un brindisi alla nostra giovane collega! – disse lui allegramente alzando anche il suo bicchiere.

Tutti bevvero alla salute di Ann e Asha la guardò mentre intingeva le labbra nella schiuma vaporosa e sorseggiava con aria soddisfatta quella bibita amarognola e dissetante che le scaldava lo stomaco e le allargava progressivamente le labbra in un sorriso leggero e rilassato.

Ann dormì profondamente come non accadeva da quando era bambina.

23.

La domenica mattina Ann fu svegliata dalla luce cristallina del sole che entrava dalla finestra della stanza degli ospiti dei Burton. Il temporale del giorno prima aveva pulito l'aria rendendola leggera e trasparente ma decisamente inopportuna per gli occhi assonnati della ragazza che si girava nel letto morbido sentendo le lenzuola scivolare sul corpo indolenzito dal viaggio e nascondeva il viso nel cuscino per ricavare qualche tardivo angolo di sonno.

A breve si sarebbe alzata per andare alla funzione in chiesa con i Burton: si era accorta la sera precedente di non aver portato con sé gli abiti domenicali e quindi Asha aveva deciso di lasciarle in camera una delle sue gonne e una camicetta. Ann sperava che l'orlo della sottana non fosse troppo lungo poiché la statura di Asha era decisamente superiore alla sua, ma in ogni caso non si curava più dell'apparenza come aveva fatto nei primi mesi a Sheridan, specialmente durante la sua relazione con Craig.

Mentre si girava pigramente nel letto prima di alzarsi e prepararsi per tornare in paese, Ann pensava con un pizzico di dispiacere al fatto che non avrebbe potuto vedere James prima di sera o forse addirittura non prima dell'indomani.

Quando si erano salutati, la sera del Ringraziamento, Ann avrebbe voluto chiedergli qualcosa di più circa il misterioso viaggio che lui avrebbe fatto durante il weekend. Sapeva solo che sarebbe andato verso sud e che avrebbe percorso una parte del tragitto in treno per potersi muovere più in fretta e senza pause, e poi avrebbe noleggiato un cavallo in una stazione di posta per spostarsi in modo snello e rapido. Ann aveva cercato di capire quale fosse la meta di quel lungo viaggio da consumare in soli tre giorni, come se si trattasse di una rapida spedizione oppure di un dovere da compiere e lasciarsi alle spalle il prima possibile. Aveva ipotizzato che si potesse trattare di una questione di famiglia, ma era evidente che James non desiderava parlarne e lei non aveva insistito, percependo che potesse essere solo una questione delicata o dolorosa a renderlo stranamente reticente.

James le mancava più di quanto lei stessa si fosse aspettata: nonostante le molte emozioni dei giorni passati che l'avevano assorbita mentalmente e fisicamente, Ann aveva la sensazione di aver vissuto le nuove esperienze in modo incompleto perché non aveva potuto parlarne con lui, leggere nei suoi occhi la rassicurante condivisione che accarezzava l'animo della ragazza sgarbugliandone sempre i nodi più intricati. Bastavano pochi minuti in compagnia di lui perché Ann sentisse la sua giornata compiuta, perché il mondo divenisse familiare e domestico, nonostante dietro quel viso si nascondesse ancora il fascino di un luogo inesplorato. Forse fino a quella domenica mattina Ann non si era resa conto di quanto fossero divenuti irrinunciabili quei momenti insieme che erano cresciuti nella sua vita silenziosi come alberi nel bosco, le cui radici affondavano profonde nell'affetto della ragazza ed i cui rami costituivano ormai un solido rifugio.

Assorta in questi pensieri e nell'inconscio tentativo di riprodurre mentalmente il profumo di lui per regalare ai sensi l'illusione della sua presenza, Ann si vestì con gli abiti abbondanti dell'amica e scese per la colazione. Cameron si era rasato la barba e sedeva al tavolo come un elegante gentiluomo, mentre Asha si era preparata come sempre per andare in chiesa con i capelli raccolti in una crocchia per rispetto al luogo sacro, ma legati da un lungo nastro sottile di pelle da cui pendeva una piccola Ruota di Medicina per ricordare a se stessa e agli altri che i suoi affetti la portavano in quella chiesa ma la sua spiritualità la conduceva altrove. Mohe mangiava avidamente le uova in tegame cucinate dalla madre e, non appena vide Ann scendere le scale, si affrettò a comunicarle che aveva già pensato lui a strigliare e rifocillare Charlie.

– Sono piuttosto stanca dopo la fatica degli ultimi giorni, Mohe, quindi stavo pensando… cosa ne diresti di cedermi il tuo posto sul calesse e di seguirci in sella a Charlie? –

– Veramente Miss Downhill? E' fantastico! Grazie, grazie mille! – rispose entusiasticamente il ragazzo alzandosi d'istinto da tavola in un lampo senza neppure finire il suo ultimo uovo.

– Fermo lì, giovanotto! – lo bloccò Asha – Ora finisci la colazione, poi porti il piatto nel lavatoio. Solo dopo potrai andare a preparare la cavalla. –

Mohe sedette di nuovo al suo posto mentre Cameron e Ann si scambiavano un sorriso complice. Sapevano che Charlie avrebbe potuto tranquillamente essere legata dietro al calesse mentre la famiglia e l'ospite avrebbero potuto prendere posto tutti insieme sulla larga carrozzella, ma Ann aveva pensato di fare a Mohe questo piccolo regalo conoscendo la passione che il ragazzo nutriva per la sua cavalla.

Pochi minuti dopo, sulla strada per Sheridan, il calesse vibrava sulle vie sterrate mentre Mohe, a pelo sulla saura ramata, galoppava tra gli alberi con la leggerezza di un allegro dio Pan, per poi ricongiungersi alla via principale con il viso attraversato da un sorriso candido.

Quando arrivarono in città, la piccola campana della chiesa stava già suonando, basculando energicamente per gli strattoni che Tobias dava alla corda. Il ragazzino si sentiva onorato del suo ruolo di aiutare il Pastore a riordinare le Bibbie, pulire la chiesa e suonare la campana: non era mai successo a Sheridan che un simile privilegio venisse concesso a un giovane di colore.

Il Reverendo Foster era già dietro il pulpito quando i Burton entrarono in chiesa insieme ad Ann e presero posto su una panca libera. Quasi tutta la città sedeva davanti a loro e qualche testa si girò per squadrare i ritardatari con occhiate un po' più ostili del solito. Ann non ci fece caso, prese tra le mani una Bibbia e iniziò a ripetere meccanicamente un Salmo insieme al resto della comunità. James non aveva mai preso parte alla funzione domenicale, pensò la ragazza mentre continuava a recitare la solita nenia. Forse il suo modo di pregare era cantando, suonando note che non si srotolavano mnemonicamente come una tabellina aritmetica ma venivano armonizzate in un luogo profondo.

Il rito scorse senza sorprese fino a che, alla fine della cerimonia, il Reverendo si posizionò come al solito di fianco al pulpito per comunicare alla cittadina gli eventi importanti che avrebbero coinvolto la comunità durante la settimana. Dopo qualche minuto d'inusuale silenzio, il Pastore alzò gli occhi e disse: – Questa domenica purtroppo mi spetta una comunicazione spiacevole, che tuttavia vorrei condividere con il Sindaco Watkins e con Mr Craig Atkins, rappresentante del Consiglio cittadino che si è riunito venerdì sera per deliberare circa un'importante questione. –

Dai primi banchi si alzarono i due uomini interpellati e raggiunsero il Reverendo posizionandosi al suo fianco. Craig colpì leggermente con il gomito Mr Moore, il padre di Christopher, che faceva a sua volta parte del Consiglio. Egli si alzò timidamente e, con lo sguardo basso e l'aria incerta di chi vorrebbe essere altrove, si avvicinò a sua volta al pulpito restando qualche passo indietro rispetto agli altri due uomini.

– Sindaco, le lascio la parola – ingiunse il Pastore.

– La ringrazio Reverendo Foster. Ebbene, amici concittadini, oggi mi faccio portavoce di una misura straordinaria deliberata dal Consiglio per porre rimedio a un grave rischio che la nostra comunità potrebbe correre

116

in mancanza di un repentino e deciso intervento da parte di noi garanti non solo del benessere ma anche della rettitudine di Sheridan. –

Ann sollevò involontariamente gli occhi al cielo, mostrandosi sempre intollerante al viscido e demagogico sproloquiare dei politici, ma rimase ad ascoltare attenta quale *pericolo incombente* minacciasse *l'integrità del paese.*

– Purtroppo, come molti di voi sapranno, – proseguì il Sindaco – proprio dentro quest'edificio sacro sono stati profanati i dettami etici del nostro Credo e i nostri figli sono stati traviati da incontri pericolosi con selvaggi pagani invitati da Miss Downhill a deviare le certezze morali delle generazioni nascenti. –

Ann sentì il cuore rimbalzare a terra e tornare al suo posto solo dopo averle colpito la fronte. Asha si girò verso di lei con uno sguardo incredulo, costernato e ferito.

– Non è vero – rispose istintivamente Ann alzandosi in piedi di scatto, stordita dall'irrealtà del processo che si stava svolgendo nella Casa di Cristo.

– Miss Downhill, mi sbaglio o i suoi rapporti con i selvaggi della riserva si sono stretti al punto di invitare uno di loro a riempire le teste dei nostri ragazzi con idee pagane? –

– Ho chiesto a un giovane Uomo di Medicina Cheyenne di parlare ai miei allievi della sua cultura e del rispetto perché questo è il vero significato del Giorno del Ringraziamento, non è forse così Reverendo? Non è forse vero che la nostra religione parla di amore e di accoglienza? Non è forse presuntuoso pensare che il nostro modo di vivere e pensare sia l'unico giusto e possibile? – Ann rispose con la voce rotta e gli occhi umidi di dolore, delusione e rabbia. Asha le afferrò un braccio per indurla a sedere, consapevole che qualsiasi cosa l'amica avesse detto di fronte a quella piccola Inquisizione non sarebbe servito a nulla se non a peggiorare la situazione.

– Ma sentitela! – intervenne Craig con una risata di sdegno – Ha perso il senno al punto di non distinguere più il bene dal male. –

– Ha perfino raccontato ai bambini che l'uomo e la donna sono nati come eguali da una costola di Dio! E l'ha fatto qui, nella Casa del Signore – aggiunse il Pastore, con le mani tremanti per l'orrore.

– Non si preoccupi, Reverendo. – soggiunse di nuovo Craig – Questa donna non passerà un giorno di più con i figli della nostra Chiesa.–

– Ma guardatevi! Craig! Pensa a quanto si vergognerebbe tua moglie se ti vedesse ora – irruppe Cameron furente d'indignazione. – Parlate di

Cristo ma non ascoltate le sue parole... non siete altro che Farisei! La vostra miopia ipocrita dove condurrà le nuove generazioni se non all'odio e alla guerra? Spero che la vostra Bibbia sia di scudo allora per i vostri figli e per le vostre coscienze. –

– Non potevo aspettarmi altro da un uomo che ha sposato un'indiana e mescolato il suo sangue a quello indigeno, sporco e codardo – rispose Craig con un livore che trascendeva il tema della discussione.

Cameron aveva già sollevato un pugno, scagliandosi sull'amico di un tempo con la rabbia di un lupo che protegge il suo branco, ma Asha si alzò e lo trattenne. Immobile, silenziosa, quasi altera, spinse lentamente Mohe, ancora disorientato per quanto stava accadendo, verso la porta dell'edificio, e poi lo seguì prendendo Ann per mano e infilando l'altro braccio sotto a quello del marito. In una breve processione di orgoglio e contegno, la famiglia uscì dalla chiesa e per qualche passo proseguì verso il calesse. Fu allora che Asha si girò a guardare Ann con un'espressione mista tra il dolore e il senso di colpa, e abbracciò l'amica che scoppiò in lacrime singhiozzando sulla sua spalla scossa dal pianto di chi ha appena infranto il proprio spirito contro il tempio della meschinità umana.

Mohe le guardava in silenzio con grandi occhi pieni di vuoto, mentre Cameron allargò le braccia intorno a loro che si stringevano, per proteggerle dalla campana che ricominciava a suonare.

24.

Asha decise di trascorrere il resto della giornata con Ann e insistette per restare con lei anche la notte, ma l'amica rifiutò più volte quindi Cameron promise che sarebbe passato a prendere la moglie verso sera.

Ann era silenziosa e stranamente lontana, come se improvvisamente tutto quello in cui credeva e per cui aveva combattuto fosse stato polverizzato da un fulmine.

– E' colpa mia Asha. – disse mentre sedeva sul piccolo dondolo fuori dalla porta di casa con lo sguardo fisso nel vuoto – Se avessi usato più prudenza non avrei buttato via tutto quanto. –

– Non dire sciocchezze, Ann. Non lasciare che ti convincano che hai fatto qualcosa di male. –

– Ma io ho fatto qualcosa di male: sono stata impulsiva e ho precorso i tempi, facendo sì che le menti della gente si chiudessero a riccio... E così cosa ho ottenuto? Ho perso per sempre la possibilità di insegnare a quei ragazzi la curiosità e la tolleranza, ho esacerbato gli animi e ho messo la città contro la tua famiglia – La voce di Ann tremava, pronta a rompersi nel pianto se la ragazza gliel'avesse consentito.

– Tu fai parte della mia famiglia, Emonah. E mai nessuno aveva fatto tanto per la mia Gente prima di te. Nessun percorso verrà mai compiuto se qualcuno non ha il coraggio di muovere il primo passo su un terreno impervio. Inciampare purtroppo fa parte della vita. Sai come dicono i nostri Saggi: *"Ogni passo è come una preghiera e questo renderà sacro il nostro percorso"*. –

Ann rimase in silenzio, ascoltando le parole dell'amica come se potessero veramente guarire la sua ferita ma il dolore non voleva diminuire.

– Hai visto le persone in chiesa, Ann? Molte di loro non erano d'accordo con quanto stava avvenendo, solo che non avevano il coraggio di dirlo e restavano in silenzio guardandosi perplesse e un po' dispiaciute. I ragazzi ti vogliono bene e la città ti rispetta... purtroppo però non è la maggioranza a decidere, ma quel gruppo di... – per la prima volta Asha si lasciò andare a un gesto di stizza, rovesciando la tazza di the che era appoggiata sul davanzale della finestra.

Ann allungò una mano verso l'amica ma non distolse gli occhi dal limite ultimo dell'orizzonte: – Non posso tornare a Denver. Non ora. Non per questo. Non così. Capisci? –

– Lo so – rispose Asha a bassa voce e prese la mano fredda della ragazza – ma noi ti aiuteremo. Troveremo un modo... –

Ann annuì con aria sconfitta e non disse più niente fino a quando Cameron comparve, appena dopo cena, per riportare Asha al ranch. Voleva rimanere sola e, nonostante le insistenze dell'amica che ripeteva di voler restare per la notte, salutò i Burton con un abbraccio e un – Grazie – carico di emozione.

Ormai il sole era sceso per metà oltre la linea dell'orizzonte e Ann, lentamente e meccanicamente, stava iniziando a prepararsi per la notte, sotto lo sguardo triste di Horn che, invece di scodinzolarle allegro tra i piedi come al solito, rimaneva seduto in un angolo della stanza, con le orecchie appiattite e la coda curva tra i posteriori.

A un tratto Ann sentì bussare alla porta in modo energico e, malgrado il desiderio di barricarsi in casa senza lasciar entrare più nessuno, sganciò la serratura con il cuore pesante.

Il viso del Sindaco comparve a pochi metri dall'ingresso, accompagnato da un piccolo capannello di uomini di cui Ann non distinse immediatamente il volto nella penombra. Solo quello di Craig spiccava tra gli altri, accompagnato dal suo caro amico Bill Peterson, il cui figlio Sam, un ragazzotto di circa sedici anni in piedi di fianco al padre, aveva lasciato la scuola a giugno per iniziare a lavorare nel ranch di famiglia.

– Cosa desiderate ora? – chiese Ann gelida e un po' inquieta nel vedere questa congrega presentarsi a casa sua di domenica sera.

– Miss Downhill, la prego di credermi che non è nelle nostre intenzioni importunarla – iniziò il Sindaco Watkins – Ci rendiamo conto che sia una giornata difficile per lei e ci addolora doverla disturbare ... –

– Cosa desiderate? – incalzò Ann pronunciando le medesime parole con maggiore enfasi, leggermente turbata dalla combriccola da cui si sentiva metaforicamente braccata ora che né Asha né Cameron erano più al suo fianco.

– Signorina, vorremmo accertarci che non si presenti domani a scuola evitando così ulteriori imbarazzi alla comunità. Oggi in chiesa non abbiamo avuto modo di ascoltare la sua presa d'atto rispetto alla decisione del Consiglio, quindi ritenevamo che fosse opportuno sentirla dalla sua stessa voce. Porto con me il compenso relativo al lavoro svolto finora – continuò Watkins porgendo ad Ann un sacchetto contenente alcune monete.

– Non temete Signor Sindaco – sibilò la ragazza accentuando con spregio l'epiteto – non causerò alcun imbarazzo alla comunità –

Ann si avvicinò all'uomo per prendere dalle sue mani il compenso che le spettava, quando sentì Craig sussurrare – Ti avevo detto che te l'avrei fatta pagare per avermi umiliato in quel modo. – Improvvisamente alla ragazza vennero in mente quelle parole che lui aveva borbottato quando lei aveva lasciato il suo ranch, il giorno in cui avevano interrotto la relazione in modo tanto traumatico. Ann non si era curata di comprendere quelle ultime frasi mormorate nel vento dall'uomo che l'aveva già ferita così profondamente in quel lontano giorno d'estate, ma a quanto pare Craig non aveva lasciato cadere nel vuoto le sue minacce e aveva lavorato per tutto quel tempo nel tessere la sua vendetta.

– Sei stato tu… – sussurrò Ann.

– Cosa credevi, Miss Downhill? – rispose sarcastico Craig – Che avrei lasciato che la prima sgualdrina di città mi prendesse in giro senza conseguenze? – poi rise e aggiunse – Tu non hai solo offeso me, ma hai reso vulnerabile l'intera comunità con le tue idee sovversive –

– Sovversive? – replicò Ann con voce colma di rabbia – Quello che disturba voi tutti è che la gente impari a pensare perché perdereste il vostro potere se loro uscissero dall'ignoranza! –

– Non ti permettere! – la interruppe Craig muovendo qualche passo verso di lei prima di essere fermato da Bill Peterson. In quell'istante suo figlio Sam raccolse da terra una piccola pietra e, sciocco come chiunque si senta forte solo perché gli viene indicato un nemico, fece il gesto di lanciarla in direzione di una delle finestre della casa di Ann.

Fu allora che una mano decisa sbucata dal buio del viale bloccò il braccio del ragazzo.

James comparve alle spalle degli uomini e, scuotendo la mano di Sam per fargli cadere il sasso, si rivolse grave a Bill: – Non lasci che suo figlio scagli pietre Mr Peterson, oppure dovremo pensare che non siete un buon cristiano. –

Ann sentì il sangue tornare a scorrerle nelle vene quando vide comparire la sagoma di Mr Ree e d'improvviso si sentì al sicuro, come se nulla di male potesse veramente accadere ora che lui era arrivato.

James avanzò lentamente e si posizionò tra Craig e Ann, fissando l'uomo con un disprezzo che si faceva rabbia, e ordinò con un tono perentorio che nessuno gli aveva mai sentito assumere prima di allora: – Andatevene. Ora. E non ritornate. –

Ma dopo qualche attimo di silenzio, Craig, spalleggiato dai suoi amici rancheros, avanzò leggermente verso Mr Ree e sogghignò: – Altrimenti, musicante? Forse ci picchierai con la tua chitarra? – Tutti risero sguaiatamente alla battuta ma James rimase serio e immobile. Poi, lento, sicuro, gelido, si chinò verso l'orlo dei pantaloni, lo sollevò appena ed estrasse con gesto fluido di esperienza un grande coltello con l'impugnatura in osso sulla quale spiccava una piccola iscrizione.

– Per molti anni, ho pensato che fosse stata colpa di quelli come me, che avevano indossato una Giubba Blu. – iniziò James con voce greve – Per questo, quando ho appreso quanto era accaduto a Sand Creek, ho bruciato quell'uniforme e ho deciso di trascorrere il resto della mia vita con Avasa[12], la mia compagna Cheyenne. Speravo che l'avrei potuta tenere al sicuro… fino a quel giorno maledetto quando, dopo che avevamo ricevuto una soffiata da un mio vecchio compagno d'armi, lei cavalcò a mia insaputa fino al Fiume Washita per avvertire la sua Gente dell'arrivo dei soldati. Io stavo cercando di raggiungere uno degli ufficiali in comando per farlo ragionare, ma non ci sono riuscito, e nel frattempo Avasa era già arrivata all'accampamento purtroppo. Due giorni fa era l'anniversario del giorno in cui la trovai a terra massacrata, riversa sul terreno insieme a tutta quella povera gente. Donne e bambini che si stringevano ancora, dopo morti, nel tentativo di proteggersi dalla furia della vostra "nobile civiltà". Nel silenzio dell'accampamento sentivo ancora le grida sepolte nel fumo. Per anni non ho potuto dormire pensando che fosse colpa di quelli come me che avevano indossato una maledetta Giubba Blu. Ma non è così. Non soltanto! –

Improvvisamente gli occhi di James, persi nel buio della memoria, guizzarono in un lampo e, afferrato il coltello con decisione, lo conficcò nel legno del cancello, a pochi centimetri dal viso di Craig che solo allora vide l'incisione nell'impugnatura di fattura palesemente indiana: *"Ogni vita è sacra"*.

– La colpa è anche di quelli come voi. Ciechi nel vostro egoismo bigotto, nella vostra superbia meschina, nel vostro mostrarvi forti con i più deboli per paura di scoprirvi più deboli di loro. Voi non conoscete onore ma solo arroganza e crescerete una popolazione di insetti che divoreranno le culture altrui per sopravvivere. –

Nel silenzio immobile degli uomini, Ann, con gli occhi gonfi di una commozione profonda, si avvicinò alle spalle di James e appoggiò

---

[12] Nome Cheyenne dal significato di "Casa Mia"

delicatamente una mano sulla sua schiena. Fu in quell'istante che notò penzolare dal coltello ancora piantato nel legno, a pochi centimetri dagli occhi impietriti di Craig, una fascetta di pelle scamosciata ricamata di perline colorate, proprio come quelle che Ann aveva visto spesso legate intorno alla fronte delle squaw Cheyenne.

James, richiamato dal tocco delicato della ragazza alle sue spalle, si girò a guardarla per un istante, poi tornò a rivolgersi al gruppo intorno al Sindaco: – Avasa portava in grembo mio figlio quando venne uccisa. – aggiunse con voce ferma e ciglia umide – Lui era il domani. Era il germoglio di un futuro di unione. Era il simbolo della vita, di una vita di speranza. Non ho saputo proteggerlo. Ma non permetterò che accada di nuovo. –

Con un braccio James cinse le spalle di Ann e concluse: – In questa creatura quella speranza è nata di nuovo. Ora il germoglio è diventato fiore, un meraviglioso, fragile, fortissimo fiore che nessuno potrà coprire di polvere. –

Craig, il Sindaco, i Peterson e gli altri uomini scivolarono via ammutoliti nel buio della sera, mentre James e Ann rimasero abbracciati di fianco al coltello di lui piantato nel legno bianco.

Dopo diversi minuti di silenzio e dopo aver riallacciato il respiro che era rimasto impigliato nelle parole di lui, Ann chiese: – Sei tornato ora da Washita vero? –

Lui annuì: – Vado ogni anno nel fine settimana successivo al Ringraziamento… proprio nell'anniversario di quell'inferno –

Ann tacque.

– Ma questa è stata l'ultima volta – disse lui.

La ragazza lo guardò con aria interrogativa.

– Le ho detto addio, Ann. L'ho salutata per sempre. Ora il mio cuore non dorme più a Washita. Lì sarà per sempre sepolta parte della mia anima, ma il mio cuore vive ancora grazie a te. –

Ann posò le sue labbra su quelle di James e, per la prima volta, non ricevette un suo bacio ma lo regalò, morbido e tiepido come la vita di un bambino.

– Vieni via con me, Ann. Andremo a Sacramento e troveremo un posto nuovo dove io potrò cantare e tu potrai parlare. Non devi scegliere me, ma devi scegliere te stessa. Io ci sarò in ogni caso. –

Ann nascose il viso nella camicia di lui e si aggrappò a essa stringendolo tanto forte da farlo sorridere con tenerezza.

Non si era mai sentita così legata. E non si era mai sentita così libera.

25.

4 Settembre 1894

Carissima Ann,
da un anno ormai mi manca la tua voce ma, come tu mi hai insegnato, la parola scritta arriva lì dove il nostro fiato non può. Quindi eccomi a comporre questa lettera, sperando di essere in grado di farlo come vorrei.

Per prima cosa vorrei farti sapere quanto il mio cuore sia stato lieto di apprendere da ciò che mi hai scritto che la tua mano si è intrecciata per sempre a quella di James durante questo vostro percorso insieme: credo fortemente che tu abbia trovato un Uomo che ti ama e che è in grado di comprenderti. Riuscite a guardare il mondo l'uno dagli occhi dell'altra e questo, secondo la mia esperienza, è l'unico modo per percorrere insieme una vita lunga e felice. Questo è ciò che ti auguro di cuore, Sorella mia.

Vorrei inoltre che tu potessi comprendere almeno in parte quanto il pacco che mi hai spedito abbia cambiato la vita della mia famiglia Cheyenne. Waquini era rimasto molto addolorato quando aveva appreso che eri dovuta andare via da Sheridan e per me era stato difficile riuscire a convincerlo che non fosse stata sua la colpa di quanto ti era accaduto. Malgrado il messaggio che gli avevi lasciato, lo spirito di mio fratello era chiuso in una grotta scura di cui non vedeva l'uscita.

Poi, un giorno, è arrivato il tuo regalo all'ufficio postale ed io stessa non credevo ai miei occhi quando ho tolto dalla carta il tuo prezioso libro cui hai dato come nome i versi della nostra preghiera: "Più cose saprete, più fiducia avrete e meno avrete da temere". Come tu abbia fatto a pubblicarlo resta un mistero per me, ma la tua forza d'animo nel credere fino alla fine in questo progetto ha commosso noi tutti.

Mohe ed io abbiamo letto a lungo le tue pagine intorno al fuoco durante l'inverno e molta gente all'accampamento si è seduta a fianco a noi per ascoltare. I bambini si stupivano e facevano domande, mentre gli occhi di Waquini si gonfiavano di orgoglio, commozione e riconoscenza. Tra sé sussurrava sempre, nella nostra lingua, le stesse parole: "Emonah ha sempre guardato a Est."

Mio padre sedeva con noi intorno a quel fuoco ma per diversi giorni non aveva dato segno di percepire quanto stava accadendo intorno a lui. Poi, un pomeriggio, è successo qualcosa di grande. Avevo da poco terminato di leggere il libro e l'avevo lasciato nelle mani di Waquini quando mio padre si alzò in piedi e appoggiò una mano sulla spalla di mio fratello cercando i suoi occhi con sguardo vivo e forte. Fu allora che lo sentimmo dire: – Nae'ha na – che nella nostra lingua significa "Figlio mio".

Waquini non seppe trattenere le lacrime per il gesto di approvazione e di speranza che nostro padre aveva regalato a lui, al vostro lavoro, alla nostra Gente. Anch'io lo strinsi per la prima volta dopo tanti anni e lui ricambiò con braccia silenziose e accoglienti. Mi sono sentita finalmente in pace con il mio passato, Ann, per la prima volta non divisa tra due mondi cui non appartengo bensì incoraggiata e accettata per quello che sono. Qualche lacrima mi sfugge ancora bagnando la carta su cui sto scrivendo, ma sono gocce di tenerezza non di malinconia, sebbene quella stessa notte mio padre si sia spento nel sonno. Lo hanno trovato addormentato nella sua tenda, mentre stringeva tra le mani il suo Bastone Sacro e il tuo libro, Emonah. Aveva finalmente visto chiudersi il Cerchio e aveva potuto concedersi di morire perché sapeva di lasciare una speranza. Sentiva di aver concluso il suo compito sulla Madre Terra e di poter consegnare a Waquini la responsabilità di proteggere la Ruota di Medicina. Sapeva di poter tornare dove il Cielo incrocia la Montagna.

Molte cose sono cambiate da allora, sebbene siano passati solo pochi mesi.

Waquini ha voluto imparare a leggere e scrivere da me e da Mohe, per recitare il libro ad altri Fratelli e per poter anche comprendere le regole dei bianchi senza lasciare che siano altri a manipolarle. Sai quale fu il primo piccolo testo da cui volle imparare l'alfabeto? Ricordi le poche righe che scrivesti per lui quando volevi convincerlo a provare a lavorare sul libro? Waquini ha sempre conservato quel foglio e me l'ha consegnato con affetto quando ha deciso di imparare a leggere.

Dopo di lui, molti altri giovani di Cheyenne Falls hanno chiesto di imparare, forse anche per leggere le tue pagine, oppure perché avevano interpretato il gesto di mio padre, che si era lasciato al sonno con il libro tra le mani, come un'indicazione della via da seguire.

Un giorno di primavera, quando il disgelo ammorbidiva i ghiacci e regalava piccole gocce da bere ai nuovi fili d'erba, arrivò un dispaccio dal Commissario per gli Affari Indiani di Cheyenne River, da cui dipende anche la nostra riserva, in cui si concedeva al nostro Popolo il *diritto all'istruzione. L'insegnante della nostra Contea è quindi tenuto ora a ritagliarsi un po' di tempo per le lezioni da tenere entro i confini della riserva, poiché né la gente dell'accampamento né quella del paese è ancora pronta a portare i ragazzi di Cheyenne Falls nella scuola e quindi nella chiesa di Sheridan. La maestra che ti ha sostituito ha dato quindi le dimissioni pur di non dover "umiliarsi nell'andare ad ammaestrare le scimmie" per usare esattamente le sue parole. Sinceramente nessuno l'ha rimpianta quando è partita: i ragazzi parlano ancora di te e tra la gente di Sheridan il tuo nome viene pronunciato con nostalgia. In molti si sono resi conto di quello che ti è stato fatto e hanno sorriso nel vedere Craig Atkins partire per sempre. Lui ha lasciato la città per trasferirsi a Oklahoma City e sposarsi con la figlia del Dottor Pierce ma, soprattutto, con la sua dote. Detto sinceramente, ritengo che si meritino l'un l'altra.*

Dopo la partenza di Atkins, si è votato nuovamente per l'elezione del Consiglio e posso comunicarti con gioia che ora il mio Cameron ne è parte! Non puoi sapere quanto sia orgogliosa di lui: si è impegnato tanto per parlare con le persone, per offrire loro un punto di riferimento nuovo, diverso da quello gretto e bigotto che aveva guidato la nostra comunità fino ad allora.

La strada è ancora incredibilmente lunga, tuttavia qualcosa d'importante si sta già muovendo e me ne faccio portavoce con questa mia lettera. Il Consiglio ha interpretato la volontà della città votando di riproporti come insegnante dei nostri figli, certi del fatto che sapresti portare la tua curiosità priva di pregiudizi, la tua conoscenza e la tua morale anche ai ragazzi Cheyenne.

Naturalmente la decisione spetterà a te e a James che ritroverebbe il suo affezionato posto nella nostra locanda un po' polverosa ma pur sempre familiare.

Io capirò qualsiasi scelta tu voglia fare e la rispetterò. Noi tutti lo faremo. Nessuno ti biasimerà se deciderai di mantenere il tuo posto d'insegnante privata a Sacramento: probabilmente si tratta di una posizione più tranquilla e remunerativa, e inoltre tutti conosciamo la ferita che questa città ti ha inflitto. Però vorrei che sapessi che la gente non è cattiva, ha solo bisogno di una guida e tu Ann sei sempre stata quel tipo di persona. Come ti ho detto in passato, ci sono quelli come me che sanno imboccare percorsi alternativi già tracciati, e poi ci sono persone come te che ne solcano di nuovi. Vorrei che fossi qui a guardare molta gente iniziare a percorrerli.

Un'ultima cosa, prima di lasciarti con un abbraccio.

Mohe mi ha chiesto di allegare a questa lettera il disegno che troverai nella busta. Lo ha fatto lui, determinato a farti avere un ritratto di Charlie. Adora quella cavalla ogni giorno di più e, dal momento in cui hai deciso di lasciargliela prima di partire con James, non ha mai smesso di prendersene cura con affetto crescente. Finalmente ha trovato uno stallone che considera degno di lei e ha proposto a Cameron di lavorare nel ranch per guadagnare il denaro necessario a farla coprire e iniziare quindi il suo sogno di allevare Quarter Horse. Dice che la prima puledra femmina sarà tua e che la addestrerà personalmente per te.

Noi, dal canto nostro, ti dobbiamo ancora un vitello!

Ora ti saluto, Sorella mia. Ti auguro di tenere sempre stretto ciò che ami e ciò in cui credi, e che tu sia felice per poter vivere a lungo.

Respiri nel mio spirito e vivi nel mio cuore

Asha

Ann alzò gli occhi dal foglio e respirò a fondo, appoggiando la testa alla ringhiera della veranda mentre sedeva sui gradini di legno davanti a casa con le mani fredde di emozione.

Accucciato sotto il dondolo vide Horn, che portava nel suo nome e nel suo essere la Montagna su cui era nato e cresciuto.

Poi guardò James in piedi di spalle di fianco all'albero di pesche in giardino. Per terra accanto a lui c'erano la sua chitarra e gli spartiti che erano rimasti sempre più spesso incompleti da quando aveva lasciato Sheridan con Ann, che l'aveva visto spesso cercare le note nei ricordi del Wyoming. Sebbene entrambi amassero profondamente la melodia della nuova vita insieme, lui da quando erano partiti non era riuscito a cantare nessun altro posto se non il loro fiume.

Ann si alzò lentamente, lasciando una carezza dietro l'orecchio di Horn. Prese da terra il plico di spartiti di James, e vi posò sopra la lettera di Asha, aperta come un sorriso.

Si avvicinò al suo uomo, lo abbracciò appoggiandosi alla sua schiena e passando le mani sotto le braccia di lui fino a chiudersi sul petto.

Allora, con tenerezza, gli porse quelle righe preziose che venivano dalla loro Terra e, insieme a esse, gli restituì la sua musica.

www.ingramcontent.com/pod-product-compliance
Lightning Source LLC
Chambersburg PA
CBHW072230190626
46809CB00017B/1677